萧文亮——著

作家出版社

萧文亮 亦作"肖文亮",1980年生于德州,天津美术学院中国画系毕业,现居南京、无锡,供职于无锡市文化馆。

万川花溪 2022
纸本设色
90 × 240 cm

困书 2020
纸本设色
30.5×65 cm

江山如此多娇 2021
纸本设色
22 × 105 cm

黄山七姐妹 2021
纸本设色
22 × 105 cm

精制白云山形胜图 2022
纸本设色
89 × 180 cm

黄山形胜图 2020
纸本设色
180×90 cm

江南七怪

P.1

目录

Contents

画画的缘由　　　　　3

宝隆杂记——关于壁画　　　　　14

关于画面的解释　　　　　17

行活的行　　　　　18

江南七怪　　　　　20

某日的讲稿　　　　　21

锡人锡眼　　　　　33

元月开篇岁末总结　　　　　34

《画与话》刊问　　　　　37

细狗撵兔
P.45

布谷鸟之歌　　　　47

贴地飞行　　　　　49

细狗撵兔　　　　　51

劁猪匠的梦　　　　56

给猪的年　　　　　59

鸡山英雄谱　　　　63

耍猴的要义　　　　70

西游记的计　　　　73

半夜鸡叫　　　　　75

小白找不到了　　　76

江南河翻

P.81

江南河翻　83

湖泛　86

鹅湖的基　91

掌故　93

西水墩一号　95

老人老事（一）　97

老人老事（二）　99

免费的都是败家的　103

水蜜桃的爱　106

西水查卫生　107

西水虫灾　110

西水眼　111

大田百禾
P.115

碱店的碱　　　　117

大田百禾　　　　119

绑韭　　　　121

皮子　　　　124

人间动物界　　　　126

笼嘴　　　　128

木甲　　　　129

初中还是好的　　　　130

最后一投　　　　134

路边店　　　　136

儿童节的歌　　　　140

菥荻山的菥荻人　　　　142

巴肯落日　　　　146

拉肚问医　　　　147

行走的人　　　　150

蓬莱放鸟

P.155

朋友来了有好酒 —— 157
在路上 —— 157
东昌怪杰 —— 160
适可斋主人 —— 161
茴香包子的爱 —— 162
蓬莱放鸟 —— 165
桃花祭 —— 166
搬运工 —— 170
普九——大风 —— 170
西水古井 —— 175
鱼之2 —— 176

鹿鼎记 2021
纸本设色
37.9×46.1cm

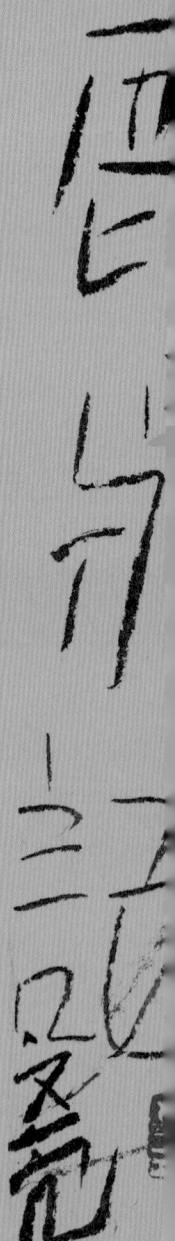

江南七怪

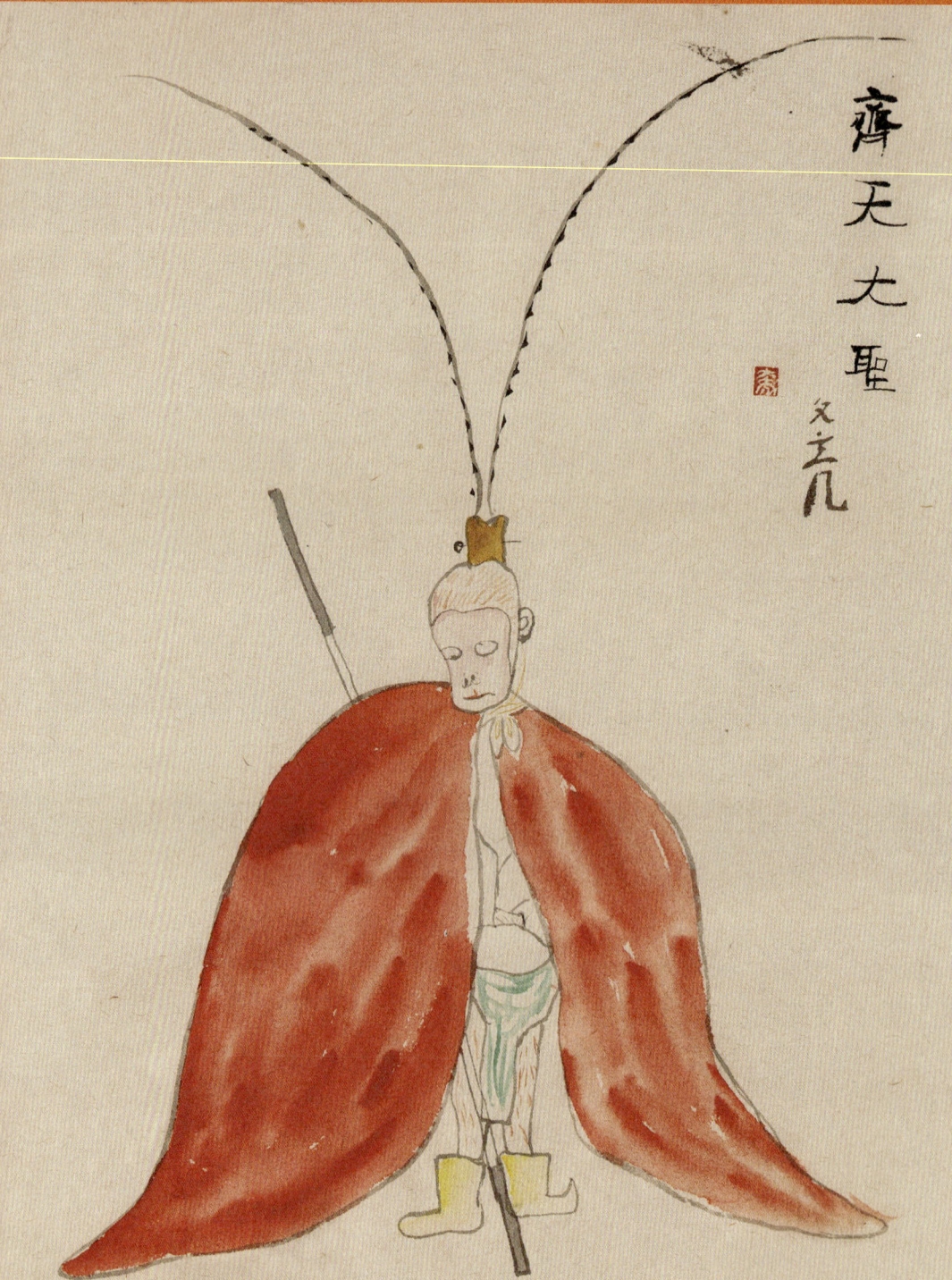

齐天大圣 2020
纸本设色
48.5×37cm

画画的缘由

（一）

幼儿园大班的时候，我妈带我去参加他们学校组织的六一儿童节学校联欢汇演，节目演到一半的时候，我不知道从哪里来的勇气在节目报幕的空里挣脱了我妈跑到台上，拿着个棍儿，做了一个孙悟空的扮相，大喊一声"俺老孙来了"然后手舞足蹈，滚了两个跟头，抓耳挠腮伸舌头，满脸欢喜。那是我平生第一次在众人面前表演，随机而突发，现在想一点也不比六小龄童差。可是主席台上的校长的吼声惊断了我沉醉的表演。"谁家的孩子啊，赶紧把他弄走！快弄走！"一点也不对未来的德艺双馨老艺术家客气。几个大年级的小朋友赶紧冲上台来把我从台上拽了下来拖拉着交给我妈。我妈都被我的表演惊呆了。

校长姓孙，腿有一点瘸，老师们见面都尊敬地喊"孙校长"，私下里偶尔会交流成"孙瘸子"什么的。我本来自我表演得好好的突然被薅了下来，踢腾着不愿意，大声喊他的外号，然后全场就炸锅了，起哄似的笑！孙校长的脸都绿了！这是我最有印象的一次儿童节。孙校长慈眉善目的，主持几个片区学校的工作，后来对我一直挺好，只是我以后再也没当众表演过什么节目，幼小的心灵被打击到五音不全，完全荒废了做表演艺术家的梦。

猴子我认为还是大闹天宫的好！但西游第一牛 × 厉害的人依然是孙悟空的爹，石头都能被他搞怀孕了！

我的小学学校原来是个麦场。场是碾麦子、扬麦子、晒麦子的地方，是城里人都没见过的"高科技产业园"。每年的5月，麦田开始泛着新麦的香味，杨树啊、柳树啊刚开始成荫了，风一吹开始哗啦啦地响了，夜里还有点凉，中午倒是开始响亮的太阳烤得地皮发热，麦田二十多天以后就会变成金黄金黄的颜色。在这样的中午，整个华北平原都是绿油油的杨柳树和金灿灿的麦田，所有的麦香和杨柳蓬勃生长散发的新鲜的味道在阳光下溢满了整个平原。

爷爷的爷爷的爷爷在这个地方打麦的时候，用的是红松做的龙骨，杜李木板做的木制的麦场。麦粒都不掉在地上，龙骨上装了满满的铜铃铛。骡子拉动石碾满场狂奔的时候，铃铛晃得悠扬，十

几里地外都听得到……多诗意的场景，现在早没了影了，1949年以后在场院边上盖的磨坊。学校就盖在磨坊前面。后来磨坊破落了，我在里面捡了很多油纸做的纸线。以前我经常看见小贩用来包面点心或茶叶，现在早没有了。破的磨坊变成了菜园，南瓜秧爬得绿葱葱的，满地的南瓜轱辘轱辘地硌脚，那个时候我总是开心地想，南瓜熟了就变成西瓜了。

那个时候的中午不上学也不回家，寻思着一切和大自然做好朋友的机会，老师总这样教育我们，课本里也这么说，但是从来都不愿意看见孩子们在野地里撒欢。发烫着火的太阳底下骑着细瘦的单车，飞快地，飞快地在高大的杨树林荫里穿过，大撒把，风就在树叶和耳边掠过。麦子快熟的时候就是下水野泳的时候，黄河的水泵扬到德惠河时水流就清了许多。开阔的河堤上散落着开河时候挖掘的石器时代的破陶器的碎片，铺满了河滩，还有很多又厚又大的贝壳闪着银光。谁还捡到过完整的石匕首和骨头做的剑，送给了做文物贩子的数学老师，他说他来

女儿国 2020
纸本设色
66×26.6cm

捐给国家和博物馆。遗址现在还有，太史前了没被拆迁。脱得光光的，当啷着扎进5月的河水里，清冷的河水冻得人激灵灵的，似乎只有河水的表面是暖的，冷的水就在身下流过，身体也被灌得慢慢地往下沉，河底就是静静躺着的万年前石器陶器的碎片。

我还在河边捡过一块上海牌的手表，是裸游的前辈遗失的，在我捡到之前，它都悄悄地躺在碎瓷片中嘀嗒、嘀嗒。

1991年的夏天，在我小升初的第一年，也是我们县里老二中的建校的××周年，具体多少年忘了，反正时间挺长的。不记得多少年，只是我原来的中学都倒闭合并了弄得我连个母校也没了。没有母校和故土的失落是我们这一代人的悲哀。所有和小时候有关系的地方都消失掉，故乡里的老院子啊、老街啊、小学初中的校园啊，都没了。

开学几天的日子里就有个典礼，主席台上有我那时候见到的活生生的第一个牛×的校友，H。官做到T市的知府。在那之前我知道在村头喇叭吆喝收集资提留的村支书，哪里晓得这么大号村支书的。他坐在主席台上，有点秃头顶的样子，洁白洁白的衬衫。还鼓励我们好好学习，做个栋梁什么的话。

（二）

我爹是个兽医，用大粗针管子给畜生扎针，一瞬间就把药水推到猪啊牛啊的身体里去了，虽然疼得猪狗嗷嗷地叫，但也是药到病除！我画画呢是我爹教的，兽药盒上给大畜生用的都是画的牛头马头，画的猪就是肥猪，橱子里满满的都是一摞一摞的药水！也是一摞一摞的图片！我爹也是个手巧的人，他顺手勾个猪头，我也跟着画个猪头，他勾个马头我也描个马头，有个药商标是个老虎，我也画个老虎，画完像个大狸猫一样，家里人也都夸像个老虎一样，脸皮厚就继续画下来了！没能子承父业当个兽医，不成器沦落到个画匠了，也是被兽药水刺激的！我小时候的理想和思路和周树人老先生有点雷同，是体会一下把针头攥到肉里推药水的感觉，成为一名救死扶伤的人民医生，不是拯救濒死的畜生，而是扶救屠弱的人体。奈何文化课没出息，没考上医学院，可惜了这个理想了！

　　上初中之前我的数学都是学得蛮清楚的，虽然觉得一个水管进水一个水管出水的数学应用题出得挺二×而且不靠谱的，但凭着一腔苦学的热血和押韵的乘法口诀，口心算10以内加减法还是绰绰有余的。然而命运的改变总是随机而喜剧，我华罗庚、陈省身一般的梦想的破碎源自一次无名的数学考试。胖胖的数学老师监场时坐在讲台上，托着两腮，酣然入梦，陡然的呼噜声把最前排伏案疾书的我的笔都惊掉了，抬头看见胖胖的数学老师手掌托着的脸皮拉着嘴唇变形，同样肉乎乎的牙龈下露着两个大门牙，睡得口水直流、仙气直冒。又在睡醒的间隙抹了一下口水，瞪圆了眼睛盯了一下目瞪口呆的我，完全颠覆了我对威严考试的定义。

　　那次考试以后我对数学老师存有严重的心理阴影，幼小的心灵被吓坏了，以后的数学课一段时间都是想到兔子啊门牙啊猪精啊什么的词，数学成绩一路下滑，再怎么努力，都没有起色。其实我说的都是数学学不好编的借口。我的数学老师们都是博学的人，比如我的小学数学老师初中又改教我的政治课，为了表示我对她转型以后授课的知识内容的充分掌握，一次政治考试答题之余我在试卷空里画一头大母猪。她义不容辞地给了我一个大鸭蛋。我的初中数学老师是个古董贩子，为了表示对他业余事业的支持，我把家里的一个笔筒拿给他鉴定。他给了我二十块钱，说是个晚清民国的货，不值钱。我一直相信他的鉴定能力！我受的教育基本都是客串的，小学数学是政治老师教的，中学政治是数学老师

诸事如意

教的。再后来我的高中历史就是地理老师教的,数学也是地理老师教的,我都一直坚持没学好。

  在"好好学习,天天向上"的循循善诱下,难得不断地毕业再毕业,除了对画画的庞大信心支持以外,还得益于教育产业化以后学校对学费的渴望,校长们一直都没舍得开除我,可我印象最深的历史课还是地理老师在地理课上教的。

  二十年前某一天的某节地理课上,地理老师除了讲了些我没记住的纬度岛屿和大洋寒流暖流以外,也没像历史老师一样讲那么多复杂牛×的历史知识点、历史事件和时代年号。面对考试背题傻瓜蛋子一样的学生,在推算完同样复杂牛×的西伯利亚寒流如何在二十年后袭击大江以南以后,他弹了弹指尖的粉笔灰,对着鲁北平原上的灰黄的日头,用余光扫了扫佝偻腰塌肩苦×熬神的我们,不经意却又轻蔑地讲,早上洗脸的舒肤佳肥皂用完了,用雕牌牙膏洗的脸,挺刺激挺爽的,换了个新鲜的感觉也不错。我现在心里想大寒流算得这么准,活该你没肥皂用,这纯粹是屌丝懒蛋才会用的招法。他接着讲,如果是看问题学东西呢,换个角度看也会不一样……

左:诸事如意图 2019　　**右:中华猪王图 2019**
纸本水墨　　　　　　　　纸本水墨
74×15 cm　　　　　　　 68×45 cm

地理老师的名字早忘了，只记得住在一排平房的角落里，微信问了朋友，老师姓孙，名志明，一句话让人换个角度看历史……真是非常不容易。得谢谢孙老师。我们岛对面有个补习班，假期里都是补课的学生，老师课堂上没讲的现在都讲了，郭德纲说他的演出十点以后说些不让说的，其实是噱头。现在呢，学校里的老师和说相声一样……

补习班下课了，一个小女生和一个小男生在桥头吻别，他们最有前途。

后来呢我就大学毕业，关于大学会另文重叙。

中華豬王圖

我三十歲之前，除了上學的時候在外讀之畫之，大部分時間就是個地道的農民。養豬，放牛，放羊，地裏刨食

（三）

去天津美院上学的第一个好处是离家近，天津是离德州很近的一只很纠结的大老城市。海河边上蹲着钓鱼的人比鱼都多，冬天刚结冰，不怕死的主儿就开始凿冰窟窿冬钓。猫在窟窿旁边，不敢乱走动，死瞅着待一天。晚上拎着一大包鱼竿子两条干巴鱼挤公交回家熬鱼汤。靠海河边建的码头、桥墩，是露天的公共厕所。随地大小便是天津的艺术特色，满地都是尿窝子。离北京近，但什么都比北京差点，就是堵车不比北京差。而且在天津待得久了，出门就得变成色盲。大伙儿都没有红黄绿的感觉，大马路上瞎窜，协警得拿着扩音喇叭喊。可能现在好多了。毕竟在河里钓鱼和乱闯红灯都不安全。

出门不在家，上学上班出差什么的，中国人的交际先得从查户口开始，总得问你是哪儿的人啊，东北山西河南河北南京北京的，得说个地儿应付回答。因为我的老家是德州的。新认识我的人问我的老家在哪里，山东的，山东哪儿的啊，德州的啊。Everyone 的反应是"扒鸡"啊。可如果是北京人的话，大部分人的反应不会是烤鸭。尽管大太子是北京最大的烤鸭，但是北京人不会被烤鸭做注脚。原来是首都，现在是帝都，还有霾和特供。所以鸡和鸭虽然有名，但因为城市本身的位置和政治角色扮演不同，很少有人直接把鸭和北京联系在一起。

但我说的其实和鸡的意思相差很远。作为有阅读经验的成年人是清楚的。人们总是有这样的经验。在理解某个经典概念的时候会不经意地把它的外延展开。这不仅不会局限于对某个主义的理解，同时也对日常生活的概念有所重新解读，当我们面对日新月异的网络文体以及不断出现的具有经典文本意义的网络名词，从最初的"拆"到经典的"被"，无一不是这样。我们对文字本身的体验一次次被膨胀，被重新过滤和思考。文字本身的力量可能涉及的社会的最本质的问题，我无从谈起。但

飞机引子 2019
纸本设色
139×69 cm

是在网络的应用以及键盘的敲打之间，文字的外延在不断地延伸，当泛娱乐化的神兽以及神兽们的姊妹神马和漫天的咆哮体出现的时候，文字在白话文网络语言时代得到无所拘束的发展。创新的文字仍在显现它在知识普及和智慧开发方面的独特的作用。

我用的输入法是搜狗的，很智能，当几个泛音词一同出现的时候会有很多的同音不同形的字出现。当春晚小品里的艺术细胞被读成艺术细菌的时候，我的第一感觉是输入法的认知错误。在你意想不到的语境和语言关联的时候，输入法起了很大作用，这是会使用键盘的作者的便宜。有个朋友的空间状态是"做的要死"。其实他是累得要死，给人感觉他其实还是很 high 的，以至于兴奋得要死，爽得要死。这有悖于他的本意。当我们的真实生活充满了文字误读的时候，我们就不自觉地被加上了误读后的注脚，以致这种注脚原本可能是无可奈何的调侃或者是匆忙接受的标签或者符号抑或主义。画画和文章也一样，不一样的解读与不一样的阅读经验，理解也不一样。喜欢罗汉和独眼兽的就把独眼兽的标签贴在我身上，其实我也画饮食男女，山山水水花花鸟鸟的。我们的生活其实也一样，当调侃和玩世主义盛行的时候，它看起来永远是个洗具，可以洗头洗脚做按摩。以至于可以在洗具的空间里做很多的高难度的体操动作，甚至是花式游泳。虽然我这个感觉有点扯淡而陷入魔幻之中，可这又是魔幻中的现实。

因为有很多的特写镜头，从而略过了其他生命体验。以致误读的注脚和习惯的标签会不自觉地左右我们的行为。摆脱别人贴的标签、戴的帽子都得靠自觉。

13

国色天香（局部）2021
纸本设色
137 × 45 cm

宝隆杂记——关于壁画

秋天到冬天的一段时间，感谢诸位老师悉心授业，在工笔画院所在的宝隆艺园待了七十八天，做了三个月壁画学习的小学生。壁画伟业博大精深，勉强知道了皮毛。几个应季的电影叫什么什么七十七天，我比它多一天。

宝隆艺园大门左手拐弯十米处是个共享电单车的集散地，也是大号宠物狗大便的集散地，十日内必有三五坨狗屎安安稳稳地放置在人行道上，在初冬的京郊散发着一丝丝的热气。人越扎堆的地方，责任就越分散，人们都忙着去维持治安，街头巷尾严查死防阶级敌人搞破坏；路边摊、街边店、足浴城、洗头房都停业整顿搞卫生弄消防。市内马路一天洗五遍，京郊的街头卫生就懒得搞，又不是京城的脸面，马马虎虎算屎。所以街头的狗屎就像接力一般，前天的来不及清理，今天又拉了一坨；一坨一坨的狗屎就像地雷一样安插在深秋初冬京郊的人行道上。

一日，我和一个混迹京城媒体数年的美女同行，她不幸中招，踩到福利；除却尴尬，坦然把皮鞋底在浮土层上使劲搓了搓，继续咯噔走路。我的心也咯噔咯噔，老想着鞋缝里没搓掉的余屎得多熏人啊！

按照久居江南小城的思路，北京郊区的楼后面大概应该是一大片的绿油油的树林，要不就该是河北的农田大山、绿水河流之类，一片开阔。其实不然，楼的后面还是楼，五环后面还有五环，北京外面还是北京。也就是说，北京真特么地大啊！几个吃喝活动前天信誓旦旦地答应，看看路程转身就吓回去了。

宝隆艺园里面有个大鸟笼子，原来是养鸵鸟和骆驼的，后来废弃了，长满了爬藤植物。是宝隆艺园的地标建筑，略等于京郊的天安门；送快

香象渡河 2018
泥底矿物综合
42×15 cm

递的和打车的司机都知道,鸟笼子那么大,可以装几百口子人,露天放着,八风不动。

某天去宝隆附近一家连锁大店吃东西,秘制绿豆汤里有个动物,吓得胃都跳出来了;没拍照发微信朋友圈,抓紧让经理给它做了个人工呼吸。经理倒也客气赔不是,附赠两个肉馅的点心,没敢吃,草草走人。已然心跳加快,恶心胸闷。

有些意外不是意外,其实是早就埋伏好的坑。每家百年老店的后面都有几个死耗子死蟑螂的故事,中招已经不可避免,中毒不深或许还有药可救。只是可惜坏了名声,黑了招牌,累人清誉。

壁画的信息量大,比纸本和绢本绘画丰富,各种高仿摹制带来信息单一,精气神丢了太多,最好重新开个窟,重拾自由的造型本领,让这种学问有延续,要不其他的都是扯淡。谁也干不过时间。历来学敦煌的人多知识积累而少学问转换是通病。有个窟,有个墙,直接上手画最解决问题,传统一下就活了。

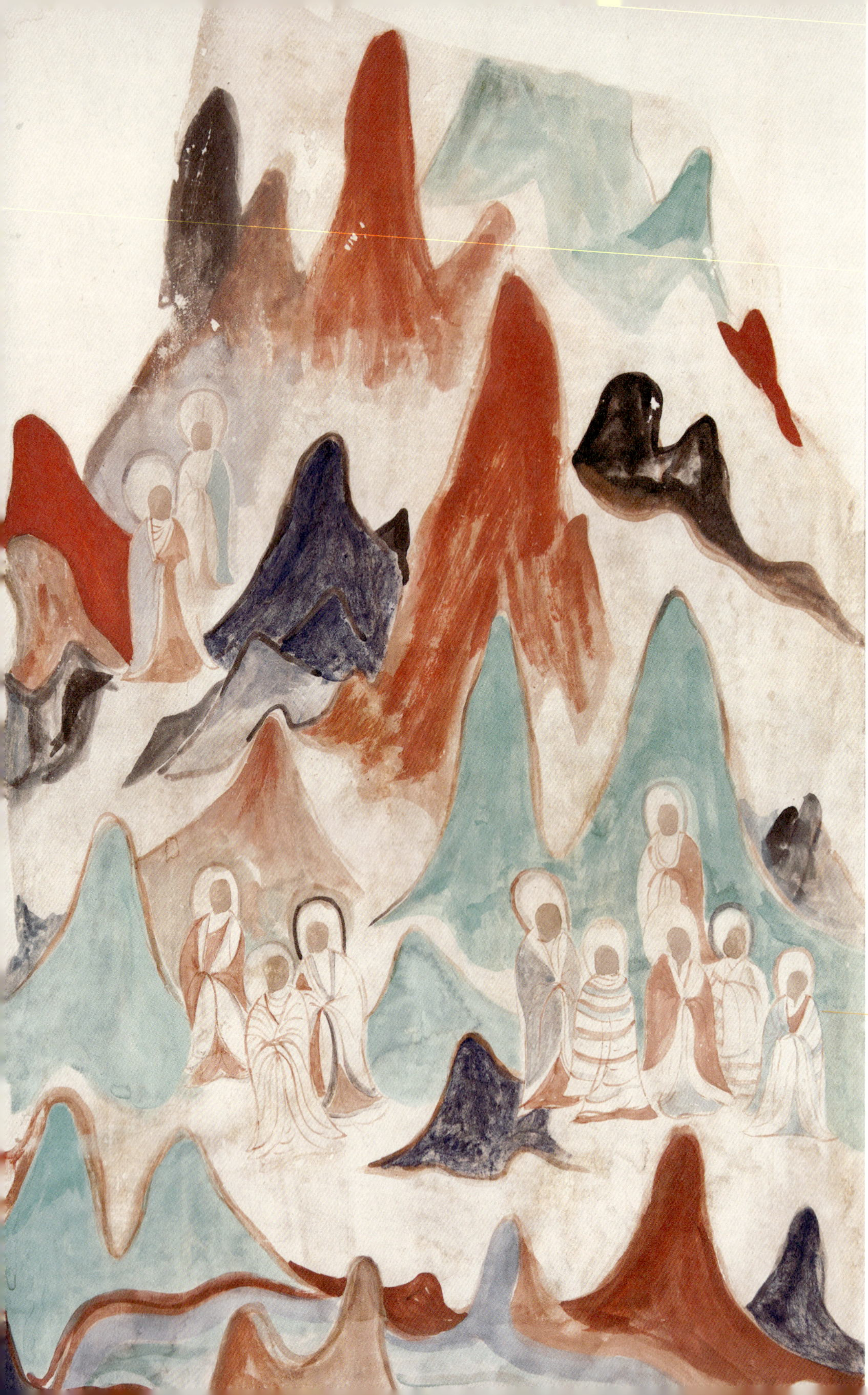

关于画面的解释

  我有一个搞理论的博士朋友毕业了，我给他说，看看我的画写篇文章什么的吧！他拖拉了十年也没写出来，我觉得他肯定很忙。后来想想让人写写上追宋元下摹明清的话，说说填空可以，自己也不信怎么让别人看呢，索性自己写吧。反正满脑子都是词，组装吧！

  关于画面的解释有时候和画画没有一毛钱的事，画让别人看去吧，懂的不用说，不懂的也别给解释，挺没劲的，回家自个儿看美术史，百度百度都比听别人瞎白话强。多有人说，这个画我看不懂啊，知识结构是硬伤，缺乏艺术史理解，没有阅读经验，平时生活里也没有艺术这回事，不知道硬塞也没用。看不懂应该不羞愧至少别理直气壮的，不懂高等数学，不懂物理知识您都倍儿谦虚，看个画要是不懂，道理也是通的。蔡元培讲美育救国，一点不假，什么时候美盲都扫除了，比什么政治清明都能安邦平天下。那些讲讲别人上追宋元下摹明清，笔墨功力无敌，道行深远意境无边的话都是吹牛，画家自己也不信。

  自己的画自己最清楚，一切都是跑偏。

  跑偏也挺好的，跑偏就是画不准，画不像，画不细路，画不朦胧。费那么大劲就为了画成了个像，练成个技法熟练，挺浪费青春的，如果还有青春的话。

  水墨那么古老神奇的好东西，到今天给加了不少前缀、后缀。想想都是废话，特山寨。好好画好画，什么大帽子也别戴。颈椎病不好治。

  尖锐的刺和坚强的甲胄都是柔软的心灵的武器。我就是心灵忒柔软的人，率真得有时候自己挖坑自己跳。刚跳完一个。一个挪威的美女评语说，"自由是看破禁忌和丑之后的另寻他途，自由亦是深陷凡俗庸常

佛国在心 2018
纸泥底壁画
75.9 × 43.2 cm

之后的欣然接受。无法释怀即是不自由。"我的理解是："少年时代某位师表的无意间之丑，和世界上的灰尘，雾霾和不公平之事一样重大，足以令一个少年难以释怀。所以，最终挣脱这噩梦，在文字和绘画的自由之中通往神兽之路，正是这个'他途'。"其实呢，我没学好数学就去画画也是笨的原因，脑子里没那根筋。幸亏语文好，记忆力还好，写作文胡编乱造总算没辍学。能自己写文章填空全托自媒体的福了！

行活的行

小的时候作业写不完抄同桌的，不用熬灯混时间，挺快挺顺溜的，还不要动脑子！考试抄临座的，还能得高分，回家炫耀挨一顿臭打。这都是不好好学习没脑子欠抽的套路。抄袭和雷同放在文理学习，文章写作都是下三路的事儿，抄作业和让别人抄作业都下三滥，有品的人都不干这事。可抄袭这个路数放在画画这门学问上，改头换面叫临摹和借鉴，叫有出处。当然借鉴和因袭文学作品也有。照猫画虎，照搬位置，乾坤挪移，移花接木，东墙西补，这些手段被人识破一概划入抄袭一脉。唯独在画画，画得像某家，手段似某人，叫做路数正确，出入规矩，叫做遍临名家里手。大概画画这回事一半归于艺术创作，一半归于手艺活吧！艺术创作出新，手艺传承要临习。先临好了，技法都懂了，才可以出入古今，自出机杼！手艺活也有好坏，也有标准，一段时间说工匠精神，第一是说这个活儿得干好，说的是得有精神在，得有精气神在手底下。但是行活儿就不是这么回事了，打个比方，艺术品、有匠人精神的工艺品都是活水活鱼，行活儿呢就是个不翻身的咸鱼。活儿不是话儿。

《金瓶梅》里说那话儿，指的是男性的生殖器，套用一下在行活儿上呢，就是说那画的是什么鸟玩意儿啊，是大路货和艺术和精神不搭边。老天爷饿不死瞎家雀，谁都得吃饭，画行活儿的也不能饿死啊，只是别吹×成绝世艺术品天才大画家就好。二×们做了太多的二×情，以至于我们经常忘了二×的名字。这是个二×大行其道的社会。行活儿摇身一变变成了行货，而且手续齐全，国行发票，证书名家推荐知名机构代理大策展人做捎客大经纪人拉的皮条，胡同里面的头牌妆成秦淮八艳，"修成玉颜色，卖与帝王家"挂在庙堂之上！然而出来卖的，小姐都知道挣个头牌，功夫和噱头练得好一点，五音不全只会唱一个小曲儿来回折腾，客官们听着也腻歪。画画也如是。一个小曲儿叫《十八摸》，一个套路叫十八式，一种画法叫十八描。行活儿的大师都有路数，他们开辟第十九描，开辟猫王、虎王、王牡丹、王金鱼、王泥鳅、王蛤蟆、蟾蜍王，海底世界、非洲草原、热带雨林、哈尔滨冰雪大世界、上海滩风云、金融街各路画派，扬州八怪、八大山人新的后的各门各派再传新弟子。

他们都是行活儿中的风云大师。带证书的。

古人品画，"神逸妙能"。画得熟练的近陷于炫技状态的不过列入"能"品，说明古人苛刻；今世之人混淆概念，模糊标准，不过是给撕毛匠一口饭吃。行气、匠气、戾气不管什么气，描出来就能吃饭，是老天爷照顾百分之九十九点九的人。今世之伪传统、伪大师、伪评论家能大行其道都得烧高香保佑。画得烂的大行活儿招摇撞骗，明明是皇帝的新装，只不过不戳破而已。再说了戳破又怎么样。耐×，×完再补呗！

江南七怪

金庸的小说《射雕英雄传》里，有几个牛×的大侠，行侠仗义，开篇就出现了，以盲人柯大侠为首，下面攒了男女几号人物，使什么兵刃武器的都有。一代宗师郭靖还拜了他们为师。牛烘烘地称为"江南七怪"，放在画坛简直可以和"扬州八怪"相媲美。唬人得不得了。通篇读下去，发现这几个大侠都是挨打的货，和谁打都是挨揍，白顶了个牛×帮派社团的大帽子，打仗一点也不好使。功夫练得不到家，技不如人。

这个例子放到画坛也好使，谁要是借尸还魂搞个新扬州八怪啊，新什么什么派，后什么什么派的或者凭空捏造个什么派扯大旗摇大鼓的都最好自己在家练好武功再出来比划比划。当宗师，拉队伍的凉得最快。

画界大王二王，大米小米，抱石二石，可染小染，梨园香玉；后进之人皆怜惜羽毛，珍视名声，少愧祖宗阴德。小或二，多是式微，更有小小二二者，以效四王子孙，大谬也，徒增笑柄。父辈牛×，已是高标居树，竿高影大，继承者少出其右，而多吃剩饭之辈。齐璜之子弟若称小小齐白石，必是笑掉大牙之事。人事如此画派亦然，新后之修辞前缀，拾前人之牙慧如获至宝，憨货也。

天下武功牛×莫过于快，牛×大侠开始都有门有派后来就没门没派了，后世戴个帽子给他叫开宗立派。天下画坛呢目前只有两个派，不管什么样的组合打散了来回搅和都是门派；再一个就是水果派，什么味的都有，苹果、草莓、椰子奶、水蜜桃味的，论味道我最喜欢水蜜桃派。

某日的讲稿

这个讲座的名字叫《从动机到契机——谈中国画的创作》，名字起得挺大挺扯的，虽然是长期考虑的题目但是也不成熟，临时抓过来用一下。自己挖坑自己填，而且这里面两个"机"字，凡是谈到机的都不太好讲，挺玄的，我也不那么讲，先把这两个字挂在那里，讲得到就讲一下，讲不到呢再回家上网查查，没准儿有。

讲座是个公益的讲座，但好像所有的讲座都是公益的都不收费，尤其是卖保健品的。要收费的还有观众和听众，就是说单口相声的了，听相声得买票进场子。相声说起来漂亮，包袱抖得响，还能叫好起哄，说得不好呢喊退票，而且下面老百姓还可以嗑嗑瓜子起起哄什么的。

我上学是在天津上的。天津美院里面有都比较熟悉的工笔画得非常好的何家英老师。写意人物画得好的李孝萱、李津老师，还有我们老师阎秉会老师。看名字觉得蛮熟悉的，画也知道个大概，但是有时候你没见到本尊，当他们说话的时候一张嘴，一听，满嘴的天津话。一个老师，用天津话跟你讲话，一开始就挺有乐的，挺哏的。

美院上学的第一天，导师阎老师坐下来问我，到美院来上学有什么样的计划啊有什么样的打算啊，我回复说我原来在学校里面画人物，除了模特以外班里几十口子人我都画几个遍来了，都上下年级的画得都没人愿意给我做模特了。毕业几年了，一直没有模特，现在到美院里来了模特还是比较方便的，忻东旺画的速写、何家英画的人体模特多美啊。我想画点人体写生画点课堂写生。然后攒多了素材还可以搞几个人物众多的，然后搞个大型创作，还可以画点大作品，宏大恢弘，历史铭记什么的。阎老师讲你们来美院来学习呢，机会不大容易，三年的学习以后

萧寒 2021
我喜欢画泡泡军

玉有二种喜欢
好玩自娱乡乐
一种障碍感
的一手中快意

不要再把自己当个学生，然后再沉浸到那个课堂写生，或者人体写生里面去，学院教学毁人不倦，三年以后你自己给自己的定位得是个艺术家，不是艺术家呢至少也是个画家。

现在来看做个艺术家是个多大的火坑啊，不靠谱也不着调。学院美院里面出来还一辈子当学生的大有人在，基本依然处于没毕业状态。幸运的是我已经毕业了。

我就是在张口就是相声的，闭口就是段子的美院里开始学习。美院里面有好些个老先生是笔头特别好的，传统功力深厚。1949年以后一段时间以来那些画人物山水的可以画画现实主义的宏大题材的老先生们被请到了北京天津各个高校画院，那些个只会画传统的，尤其是花鸟的不方便表现那些革命题材伟人风采的画家都留在京津的民间，孙其峰老先生便把他们请到了天津美院，像王雪涛、溥佐、萧郎、刘继卣、张其翼、徐操。

溥佐老先生是王爷。和溥仪是堂兄弟，跟着溥心畬、溥松窗一起入松风画会画画，画宫廷气派郎世宁一路下来的马。

紫禁城坐不了了，富贵的气派仍然在那里。

左：玩手机的萧文亮 2021
萧寒 画
纸本速写
29.7×21 cm

右：手稿 2006
纸本墨笔
17×36 cm

左：清流不间断，碧树不曾凋 2020
绢本设色
42×42 cm

右：八仙过海图 2021
纸本设色
137×69.5 cm

  去年是郎世宁来华 300 周年，台北故宫做了一个郎世宁的特展；看看西方人学中国绘画再对比一下中国人用同样的材质用西方的意识画画挺有意思，我还没展开。估计挺有意思。

  溥佐老爷子上课时班里转一圈不说别的直说好，都好；真好啊，怎么这么好比我画的都好。老爷子都特有乐，特哏。但是我不是太喜欢他画的画；相声里面有个本事叫现挂，是相声演员临场随机应变的本事。

八仙過海圖

大海航行靠舵手
干革命要各顯神通
二〇二二年紫氣

王爷后来梅开二度晚年娶妻，在登瀛楼宴请宾朋，马三立来得晚了，别人讲您这么大腕儿来吃剩菜了，马三立说，这有嘛，王爷都吃剩的，我这还都热乎着呢。现挂来得及时。全都是天津味的包袱料。

马画得好的还是李公麟画得好。

这些老先生都没画过那些国家工程般的宏大题材。红光亮画不来，但一直都是动物画、小写意、工笔花鸟这一路的一脉传承下来的翘楚。

张其翼老先生是影响天津花鸟界的重要的人物，人是福建人，画得好，可惜"文革"期间去世了。天妒英才，他画的猴子的形象后世不断地借鉴创作，养活了不少人。

我也喜欢画动物题材的作品。但这个时期也没画，一直在做水墨语言的结构试验，各种图式的尝试。后来我也画猴子是这个样子的——美猴王。

创作创新都不是凭空来的。传统是集体智慧，既大又广，一说容易把人吓退了，有的人干脆躲开了。但是总归绕不过去。传统的呈现是集体面貌呈现的，纵向的线型排列下来。隋唐五代宋元明清，横向的几大家，元四家、明四家等等，一直是这么呈现。但是今天我也不谈宋元明清，要谈得干净有深度。我还没拎清。上次刘教授谈怎么临摹，谈得大家都睡着了，讲得不清楚和太清楚都有催眠功能。

这个不好讲。现在你要是看到篇写现在人笔墨功夫上追宋元下结明清，精神上完全得到传统的真章，掌握了传统的要义的文章，都是不懂的人胡说八道，胡捧乱吹。自己都不懂。像谁谁谁之流。能画成这样的基本没有。我也讲不来。你们有知道的我们也可以交流一下，我们向他学习。

传统是集体智慧的结晶。集体智慧太笼统还是要分开来看，剖析着看，彰显个人。传统这么大，找个喜欢得不得了不得了的，找个感觉人

27

花果山情事图卷 2020
纸本
131×22 cm

格气质和自己相仿的，觉得自己身上有古人前辈的影子气质，喜欢八大徐渭甚至觉得自己就是八大二世徐渭二世最好了，找个契合点。学着用着心里也伏帖。

刚才讲的几个画家是从天津话里走出来的，下面讲的老牌的牛×克拉斯的画家是个说无锡话的，是中国美术史上一流的画家，就是倪云林。老卵的弗得了。显得一×。我最初喜欢弘仁，因为形式感强觉得自己形式感也强。后来画着画着发现解决形式感之前还要解决一个语言和内容的问题。形而上精神上高远的，倪就是文人画笔墨的祖宗了！

博物馆有一张倪云林的画。当年马建市长五万大洋从扬州买回来，谢稚柳鉴定为真品，陈瑞农馆长重新定了个《苔痕树影图》挺文气的名字。苏博做了明四家的展览，绍兴博物馆做了徐渭的大展，哪天我们这里要是有本领做个倪云林的大展就轰动了！也会有坐高铁打飞的排着队来看展览，也会门庭若市挤破脑袋，倪的粉丝太多了，可惜的是无锡目前没有自己牛×的美术馆，所有的馆差得一塌糊涂。不是一般的一塌糊涂。而是一塌糊涂一塌糊涂嘚。年后这个工字展馆会重装一下，展览可能要效果好一点。

弘仁就没有倪云林画得丰富了！不是画面的构成，而是笔墨语言的构成。松松的，恬淡，又蕴含笔力。毛乎乎的一层一层，气息绵绵不绝，高级得不得了。画面和人一样干净。

我研究生毕业的时候论文打算写个倪云林研究什么的，后来发现不管从什么角度研究，研究这位画得好得不得了无锡人的论文几乎可以用来盖楼了，就省心没写。今天斗胆拿他来引入到传统学习这个话题上来，就是说学传统还是离自己远一点，学个高人的。近世江南画家多画太湖山水，流于风景不见传统的真章了。他说意笔草草潦写心中意气耳，是个糊弄人的话，每一笔都有来去都讲究。写意不是乱画。

李可染说最大气力打进去最大气力打出来。人没那么大力气。传统

太高深，打得越深就埋得越深，沉浸其中。和烟瘾、酒瘾之类瘾一样的。我们美院有个老先生讲传统这么好干吗要创新。还有个名言"不可使知者不知也不可使不知者知"。个中三昧懂的人才知道，这也是天机。

　　最好呢是把传统当成个拐杖。随时用随时拿。无锡还有个老先生吴冠中。他说他遍临宋元经典，但是从他的作品没看出来这种痕迹。估计看过，上没上手临没临不知道。内化了。他讲风筝不断线，这是绝妙的道理。

　　进学院学习和学传统是两个重要资源。当然，学院有学院的传统，有个美院自称是山水画的正宗。好像也挺唬人的，大伙画得都黑乎乎的，

马上封侯图 2018
绢本设色
43×33 cm

图式语言都差不多。别被这两个大帽子压垮了。两者的关系就不讲了。学院都是山头。我说的意思是画画啊还得追寻自己的内心。画出个最大的"我"字来。画画最初的冲动，保留得好好的；画得好坏不说，一开始画画的心特好。这个是画画的出发点。动机得纯。

但还是有这种情结在里面的。说到情结，情结往往是一个人的创作的源泉，也是其创作动机的出发点。当然有的动机随机的。放在犯罪心理学上叫随机犯罪。

然而所谓的情结都是噱头，比如说猴年春节联欢晚会非得要六小龄童出来过零点，这就是小时候的情结，但是这么差的一台节目你还能熬到十二点说明你的审美严重有问题。而有时候的动机是很直接的，就是吉祥话，好题材好卖钱，比如马年画马上封侯，鸡年画大吉大利。这动机也不可耻。

有动机，动机也好，总归要落到纸上，画出来，呈现出来。千笔万笔点染容易，起笔落墨不易。斟酌半天，有时候对着白纸看三天。有人说我可以三个月，前提得画出来，要画不出来看三年看了也是白看。

笔墨纸还有水，古人用笔出神入化，绵里藏针，刚柔并济，老三样。别戗着它，顺着笔性、水性画。控制、拿捏得都恰到好处。有个车轴和车轮毂之间的比喻。都不是可以用文字描绘出来的。

画画的第一笔不好画，落笔前得经营。不管怎么经营，高古清奇纯净朦胧也好，技近乎道。技术问题总归要解决。讲所有的问题都是你解决技法层面问题上的东西。第一笔下去就要画完。创作的经验都是从每一个你已经完成的作品中得来的。画面完成的不同阶段出现的问题得到解决，次数多了就得到经验了，慢慢地内容就丰富了，信息量就大了。2007年在美院有一个大师讲座，徐冰讲到素描的长期作业。大卫的头像，徐冰说他画得更好，徐冰自己认为这张作业解决的问题，顶得上过去画的几百张素描。"素描训练不是让你学会画像一个东西，而是通过这种

30

左、右：手稿

训练，让你从一个粗糙的人变为一个精致的人，一个训练有素、懂得工作方法的人，懂得在整体与局部的关系中明察秋毫。"我觉得能画长期作业或者把一件作品画到极致都是一个人做人做事品质的事。技术训练绝不是可有可无的。我讲的是所有的状态必须通过完成状态来实现。一定要深入解决这个问题。

创作的契机都是隐藏着的，随机随性，刚才讲到大胆落墨，别怕画错。因为笔有误笔，墨有误墨，画错了画失误了可以顺势而为画下去！失误有失误的妙处。我给你画个美女吧！美女没画好画丑了，我画个姚明给你吧，再画画要不画个山水给你吧，最后说我画个抽血（象）水墨给你吧！得有这种精神。探索往前走十步，不一定每个阶段都有发展的方向，但是中间过程肯定有所收益。我个人不喜欢绝对精确不着痕迹的画。当然不是画得不好，画得非常好也让人佩服。

知道第一笔怎么画不容易，反过来讲第一笔老是画得一样就习气了。画得久了就积习难返了！习者禅定不一定能悟。能发现陌生感觉的好，是救人于水火的良药。一种技法套路了模式了，除了有习气以外，还会陷入到炫技的状态，炫技难免会俗。这个是写生的好处，能发现就是靠眼力了！观察之眼。

我参加一些以年代命名的展览里面，年龄并不绝对代表画作面貌创新或者品质，这一代人不代表自然而然就会比上一代画得好，其取决于思维的宽度、广度、深度。一个八〇九〇后的人知识结构依然是单一的乏味的，对比同样一个五〇后的人知识结构全面，对当代发生艺术事件敏感而富有创新意识，后者仍然活在时代年轻的舞台上。

写生难得走出来外出，好多艺术家出来都不画，拿个相机拍拍拍拍，回家再比着照片画，或者画个速写回家再重新勾！一个是叫抄袭照片，一个是抄袭自己的感觉。即便拼智商也挺累的，都不如现场直接写生来得痛快。前两天我和鲍老师一起杭州写生，一路画下来，痛快得弗得了。他说他就喜欢画点有土坡、菜园子什么的小景。因为小时候他外婆家就这样，也是情结。

波洛克他偶尔确实看看艺术书，一天看完书自个儿生气，而他的毕加索书却被摔到了房间另一头的地板上。"他妈的，"他牢骚满腹地说，"那家伙已经把所有事都做完了。没有留下任何东西。"画画的方法套路让大师们穷尽了，这门学问只有怎么画画，没有画什么这一说，不是画个新鲜的航空母舰、太空飞船基因细胞高科技你就厉害了。不是一码事，一样的东西，梅兰竹菊让大卫·霍克尼来画，一样牛 × 当代。

曾经的西水墩，我一直画这里，鲍金荣老师也一直画这里；他画他的小院子，我画门前的乱七八糟的树和芭蕉还有竹子，有时候也画他的小院子。他画他的鸟，我也喜欢画；最近他的鸟老死了去世了，他很伤心我也很伤心。

春天又来了，结伴再去写写生画画园林什么的。西水墩没有了就画画大千世界。

锡人锡眼

浩宇来西水墩做了个达利、毕加索的版画展，展览做了半个月，画一张也没卖掉。经济效益不好社会效益倒好，每天西水墩来几百口子人看展览，看完后都深深地佩服两位大师的牛×；同时又不无幽怨地哀叹只是复制品，印刷得不够清晰，模模糊糊的，然后带着十三分的遗憾离去了。

大师的海报杵在门廊里就像大师自己杵在门廊里，盯着那些个画框子和空空的戏楼子，默默念叨大师和大师的命运是相同的。三十年前吴冠中在我们馆里做了个个展也是没卖掉一幅画。白画了那么多的水乡江南故乡人情，江南大无锡也没个人欣赏！虽然如此，老爷子实诚人，后来还留了个展品回报给西水墩。也一直是镇馆之宝。

然而，大师和大师的命运总是相同的，我也从来没在无锡卖过一张画。

两位大师的展览结束了，其他人都讲浩宇胆子太大了，敢到无锡来卖印刷品，哪里能躲过无锡人的眼睛，只有江大的张珉老师说作品好价格也好，石版画这个价格也值了！我觉得这个展览掉在无锡终于有个回音了！还好有个识货的！顿时一大片感动。

元月开篇岁末总结

（一）

年度总结。今年自觉笔力更沉着，不再执着人物形象与题材，放眼山水花鸟，大格局处着眼又小心收拾，多写书法，体会甚多。又写随笔散记数十篇。寥落几万字，改日成集时用以填空补白。又攒数十人展，曰《迁徙语言》皆画坛之精英，此事既耗脑力又耗体力。幸得一众友人支持，凡涉之人一并感激。个展一枚，在金匮山房，实是小品雅集，喝酒聚会的由头。其余展事数十，散在北京南京。没参加行业协会展览展事，此展也，多见新人，更见裙带。奈何也，工资使然分内之事也。晨起时亦对镜自省，学术者既远离学院之习气又少附庸江湖之风，少做无用无益之事，推托展事；没事就读书，有空就画画。熬夜至深白日自觉无力，去年已如此今年更甚，此之恶习年后发心改之。往返锡宁二地，来回两京之间，更觉西水墩乃宝地一块。然锡之地虽曰"江南"，保守之风犹重，更重商轻文；除自立自强外，不可痴心妄想于外力，常念鲁迅遗嘱之第六条。苟日新，日日新。一元复始，新岁开篇，此总结者承前启后，自警自省。

石头（局部）2021
纸本设色
47×19 cm

(二)

年终总结，自己给自己贴金，什么粉都往脸上抹，省得表彰忠勇、评优选良时分量不够，该添油的添油该加醋的加醋，滴水不漏的台账，厚厚叠叠的奖励，一万个出头露脸的大场面。欧吼，每个人都要写一个匾，颁给自己，写上优秀杰出突出贡献大功臣。字太多，那就只写功臣吧！

年终总结大盛典，全国都有分会场，大家都来表演节目，员工都在秀。老板准备了奖金，老板准备好分红，老板准备好……

普天同乐，老板和员工一起表演节目，老板扔出来一个桃，然后一群员工扮成猴子去抢。老板很开心，猴子也很开心。哼哼哈哈都是套路，重复的套路。

壁画绘制、给菩萨塑金身塑像的工艺里面，有个贴金箔的手艺，这个活儿我还真心学了学，得亏了吴院长悉心传授。这门手艺要是能用在年终总结上就好了，总结一张纸，全都贴满48K大金条。明晃晃闪亮亮，挡住泥，挡住土，挡住草包泥，挡住泥包草，挡住大草包。贴金比抹粉好，抹不匀就抹成小丑一样了，抹太厚了，粉块掉下来砸死人也不好。多贴金，牛皮金。用502胶粘得牢，可以撑一年。

（三）

　　攒画成集，出版画册一本，唯书中补白文字多被勘删，美中不足之事。

　　古代壁画班，是历来诸种班界的楷模。老师牛×，同学也牛，都是壁画修复保护考古以及绘事的高手。也都是喜欢壁画的疯子，其间所学所得，比微信朋友圈点赞十分钟、热度半小时诸种展览要有意义得多。至于连院长说的敦煌梦我觉得也是中国梦的一部分，哪一天要开个新窟，就不是梦话了。

　　来自民间的造型手段和语言体系和古壁画制作工艺的天然结合，从临摹到创作似乎是无缝对接与过渡，然而壁画宝库里宝贝多多，不懂的太多，仍要求诸方家。

　　笔墨文章，耕垦不辍，不言精进，不敢废弃；废纸三千，撕得手疼。

　　然此之一年，唯西水静室遭扰，尤为糟心，竟至连续两月不能工作。此地也，我之心所属，亦是立锥之地。墙角之隅已无退路。舍却人情，看透世故，因为画画事最大，其他都是狗屁。

　　每每想到自己的工作环境被人破坏，和保安室同处一地，就想到那著名的四个字。

天下一人（局部） 2021
纸本设色
93 × 21.5 cm

36

这个世界上不给别人添堵，不乱伸手，不动别人的东西是多重要的品质啊！

西水墩的历史上没人因为风水墙的矗立而得到升迁。这堵纸片一样的山墙戴着个假砖雕的大帽子，头重脚轻地杵在显应桥的一段，洁白生冷毫不搭调。它太单薄了，以至于像倚靠在石桥旁边纸扎泥糊的殉葬品一样。轻薄的装饰在它不应该出现的位置。糊弄路过的领导，外行的专家，也愚弄相信风水改变命运的始作俑者。

二四的空心砖不管怎么装都装不出贞洁牌坊的范儿。不是那个料不配干这个活，挡风水这个本领基本没有，当风景添堵，制造垃圾倒是实在话。如果真有风水一说的话。

不过这仍然成就了这座桥的独一无二，世界上唯一一座桥头带斜四十五度山墙的石拱桥。

三年前有个愚蠢的城投公司组织一批画行活儿的人，在雪白的桥洞里面画了低端审美的宣传画，算是奇葩的创举，今年又多了一个奇葩的山墙，算是奇葩中的双冠王了！

西水墩只有一号，折腾它的人却都在排号。

辞旧岁，长一岁。新则新矣，老则老矣，"82"以后再无青年，也是悲催。

《画与话》刊问

1. 我是一个在各个群里卖早点的，我的艺术就是跑偏，不着调不靠谱，插科打诨，词不达意却富有想象力，有创作力！我一直想开一个卖豆浆油条的实体店！

左：铁鸟堂 2020
　纸本水墨
　69×22 cm

右：二位老师 2020
　纸本水墨
　69×33 cm

碧巌空
武藤蘭関

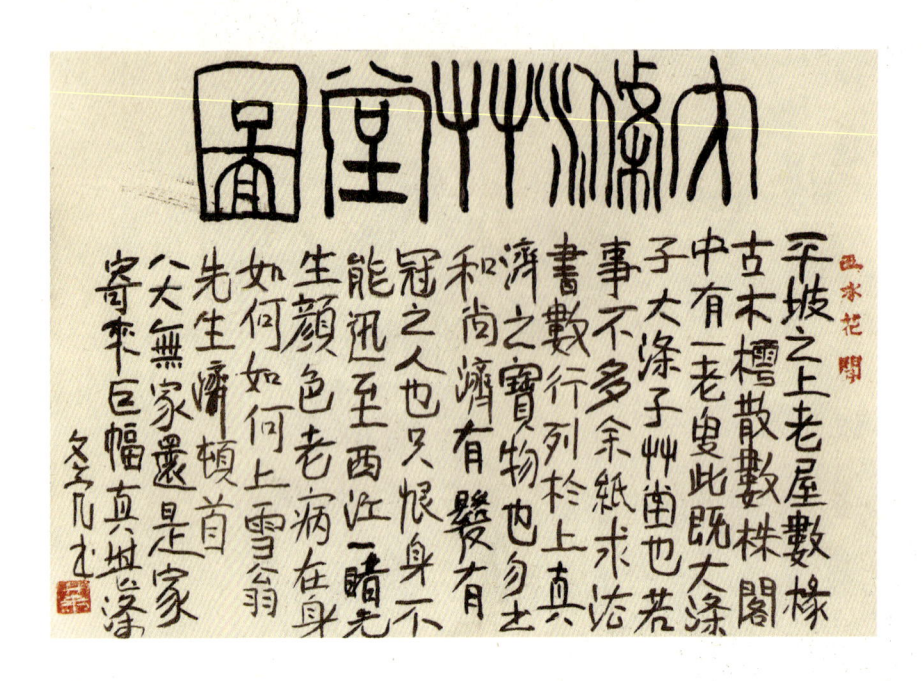

左：**大涤草堂图（书法） 2020**
纸本水墨
33 × 22 cm

右：**大涤草堂图（画） 2020**
纸本设色
33 × 33 cm

2. 影响就是方方面面的，没有惊天动地的人生转折都是浸染，从《世说新语》到王小波，从马三立、郭德纲到《五灯会元》，我喜欢里面所有散淡的，飘逸不拘一格，天马行空的人物和撩拨人心的细节描述，扼要醒人的偈语，机锋的随机应变，所有的自由的表达！唐人秘传故事里讲一个蛮族的大王生殖器很大，藤条做的裤衩兜着，我一直敏感和揣测这种感受！

3. 我的状态就是在岛上画画，不断在内心世界美化我所待的这个小世界！理想化以西水墩为中心的新的世界艺术中心的形成！

4. 齐白石老爷子一棵白菜换一车皮白菜，既学术又市场！最后没换成，拉车的不懂学术！好东西，耗掉人类大脑细胞花费精力创造的，呈现个人面貌的作品不一定人人都接受，人人都接受的不一定好！评价机制不一样，受众水平不一样，都是艺术作品学术呈现时遇到的问题！市场就是卖白菜的和买白菜的，甭管你是多大的腕儿，不掏钱也别拿我的白菜，反过来讲，您要非得认为美协领导卖的白菜有水果味就是您的事了！刨除所有的非市场因素是目前市场机制依靠自身净化作用该做的！

5. 不参与公共事务领域，不对公共事件发声是一个艺术家的弱点、作品宏观反映真实现实少之又少！批判和怀疑的精神应该始终是一个艺术家的本色。我们现在奉行的是活着就是艺术！所有的人都逗×你不逗×你就out了！艺术家要独立地、安静地观察这个世界，表达自己关注的一个视角，把某一个点做得比别人牛×了是艺术家的本质工作！在满眼逗×的世界里你是个二×，你就是个大师了！

跳大神

　　炫技一派。其引以为傲、不着痕迹的矫饰下，看似完备的技法呈现出来的依然是掩饰不住的支离、匠气和习气；作品引入的传统的图式语言、符号的拼凑抄挪多是西式素描的效果图，可见诸公诸作，潇湘、马、人和动物等。电脑PS修图的话，比费这么大劲儿画出来的视觉效果要好很多。如果这种朦胧渲染的情愫里人的成分尚能打动人心，这是辛苦的补偿。

　　努力营造时间与空间的错置，至极处如文学与影视的玄幻，是其插图抑或海报乎？又如乐高拼凑。反过来讲，你怎么知道诸君不是PS处理的呢？

　　一个观念产生至观念的作品，通过文字

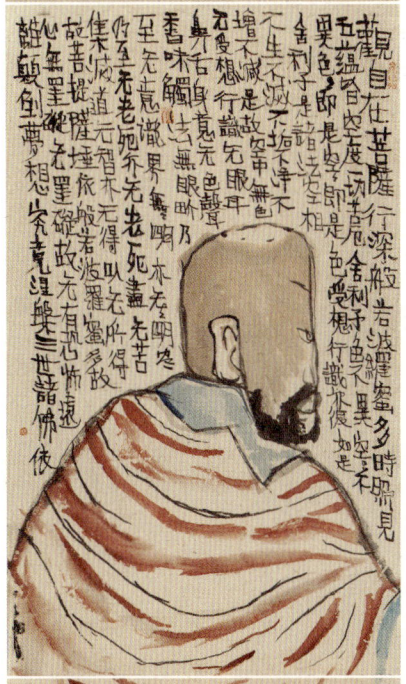

表达陈述,行为,图像(摄影,电脑绘图,视频)过程直白有力;艺术作品至观念,艺术已然完结,手绘厮磨至PS的精度与细腻也许是辛苦地把瞬间的"点子""创意"置于架上,如绿码的月亮,作品月亮腾跃出湖海之间的瞬间,并继续在个体生活中无限延伸。这横亘的绿码只待早日完结,而不是月印千江的永恒永续。

但已然会有人借助观念手绘绿码并覆加对象,歌功颂德,衬托技法,千般折磨使之复归架上,却是不堪。

工笔加超现实主义加照相写实,和水墨加印象派加超现实主义一样,都是"拿来"的通病。在精神层面依然停留在百年前,甚至都算不上技术层面的现代。诸多的作品展示的都是无用功、消遣,更不要说超越现代的眼光当代的意识。

虽然重新贩卖的"观念"和第一次卖弄的创意并不违和,但如果对观念的作品有清醒的认识,对古典作品有解读,矢的当代,就会清楚分清一些玄虚与玄妙。至少少一点迷信,毕竟跳大神的门槛很低的,在人间扮作神的,都是半仙。

左:具区林屋 2021　　右:世尊拈花
纸本设色　　　　　　　纸本设色
45×31 cm(字)　　　　152×76 cm
137×45 cm(画)

一九又兒

猪面孔图 2020
纸本水墨
68×45 cm

昌乳面猪

细狗撵兔

P.45

46

肠镜世界 2020
纸本水墨
240×60 cm×2

布谷鸟之歌

没有了布谷鸟的叫声,漫长的冬天就还没有过去。

人们不再耕种,农具也荒废了,隔年的蛛网落满灰尘。春天的时间要到了却一丝丝都没有春天要到了的信息,仿佛几年间的光景,大地都笼罩在漫长的冬天里。

隔绝世界的壕沟与长城一样的墙横亘在路脉之间,整个冬天,人们都在操练红缨枪的武功与葵花宝典的巫术。巫师与神婆们沉浸在昨夜与昨夜跳大神的幻境里:昭示着灵验的纸幌子,写满了烫金大字的布幔,招魂的纸灰,流淌软化的蜡烛,破庙殿堂里弥漫着干枯了的血液的味道。

血是黄连药的药引子。

众人的咳嗽声淹没在咕嘟咕嘟的熬药声里,药罐子里煮着黏稠乌黑的药。罐子中间隐约露出一个孩童的小小的颅骨。乌鸦带来了蝙蝠的消息,一个悲剧的幌子。

蝙蝠薄薄的肉翼冰凉冰凉的,带着灰黑绒毛的膜翼像木耳一样,这弱小的动物在祈福的图画中被驱赶出来,霸占着头条的位置。神婆取出一粒陈年的夜明砂,和着蝙蝠的血和乌鸦的羽毛在冒着热气的药罐子里搅拌。次日的破晓时分，他们向南方放飞一只乌鸦，带着死亡的解药。

在南方，那些决绝的死状，乌黑冰凉的裹尸袋，游走在楼宇间城市里的新死的鬼，那些活人撕心裂肺的呼号、无声的抽泣，那些幽怨哀愁与诅咒。殓人的灰升腾着，弥散在呼吸里，又被活人吸走，口罩上身体上都落满了灰，和瘟疫的毒一样。慷慨救难赴死的医者还在救死，蒙蔽了口鼻也遮蔽了双眼、待活奔命的苦众。

死亡是生命的归宿，没有巫师的解药。

冬天那么长，在瘟疫笼罩的汉江两岸，在阴霾猾诡的江南湿气中，河流静止，春天藏在枯树破屋茅草之间，在废井荒原野山孤坟之间，潜伏着，等待着布谷鸟的叫声。

种子在时令埋在地下，却怎么都不发芽，拨开土地，发现种子已经腐烂，地温是冰凉的，土壤也开始腐烂。

从北国到南国。饥饿与死亡的恐惧让人祈祷，神婆的解药与红缨枪的神功。老年的人开始哼唱，那早已忘记了的歌谣，吞吞吐吐地念叨：咕咕咕咕，咕咕咕咕，黄鼬叼醋，咕咕咕咕，咕咕咕咕，亲娘在家后，咕咕咕咕，咕咕咕咕，家后有个鬼，拉你娘的腿……

许多年前的布谷鸟，总是在春天，在家后的孤坟野冢间发出魔幻般的叫声，和着鬼魅的歌谣。预示着春天的到来。那些向死而生的人，带着飞蛾的火，星点的光；那些春天和光明的信使，在神灵的召引下，再次来到这苦难的人世间。

让人活，让种子发芽，让火光明亮。

记录者还在记录，而遗忘的已经开始遗忘。

贴地飞行

西水墩是个城堡,日日夜夜漂浮在梁溪湾里。夜里的浮动的精灵,潜在水底的鬼魅和栖在树枝叶梢间的灵光一起驱使着西水墩的幻动。无数个桥像枝蔓一样搭在凄冷的石壁上,像这个水中之城的触角一样,一边搭在水岛一边搭在喧嚣的陆地。

孤独是孤独的城堡,没有密室的解药。

49

平克·弗洛伊德的幻想 2021
纸本设色
47×22.5 cm

身份的焦虑 2021
纸本设色
20×47 cm

  每一个子夜凌晨，站在这个城市的最中央，和每一片芭蕉叶，每一个鹅卵石，每一个湿漉漉的台阶说再见。和沉重的屋檐，每一座石桥，最远的灰鹭，跃起的鱼背，灭灯的城市说再见。

  泣血般夜莺的啼叫在水岛彻夜回响。她如歌的声音只在子夜里鸣响，昂亢的曲调在水弄堂的两岸萦绕，一直到更远的楼影。你可能失眠过，数绵羊听夜雨，钟声嘀嗒，伊人梦语，犬吠婴啼；但却不曾听过如此的场景，水弄堂在黎明前变成一个比角斗场还要辽阔的音乐厅，顺次高低耸立的高楼变成灰黑色的神柱，每一座石桥都成为一个印着幽光的舞台，狭长的水光抖着波澜被嘹亮的夜莺的声音震得粼波荡漾，她酝酿的高声部似乎要压掉和反击所有的白昼的噪音，她不和谁合唱，只有嘹亮的回响刺破水岸的迷雾，刺破残留的天光，惊醒未眠失梦的人儿。

  长久以来我都做一个贴地飞行的梦，飞翔的姿势比超人还要酷，比所有的蒙太奇更有细节。贴着地面飞行，恰如鱼游走在空气里一样，却扑哧着翅膀翻滚。

  所有的翅膀都是沉重的，每一片羽毛都嵌入了地心引力。

  先贤说奥斯维辛之后再也没有诗歌，谁写谁都是野蛮人。我看到所有的大师的文章以后每次都觉得羞愧得无路可走，活到自然死都是一种耻辱。

  可不管谁，怎么都是得奔着死亡去的，出生即意味着死亡，看到的是死神招手，闻到的是死神味道。而所有的向死而生不过是记叙着不堪的活着的前行。

细狗撵兔

2018年，冬，细狗撵兔。

流感与大雪之前。田野里干燥枯黄，黄乎乎白乎乎的土掩盖了所有的生机。大地冰封前的寒意已然来临。凛冬将至，细狗撵兔的围猎即将开始。

田野里的兔子、野鸡、山猫狸子、仓鼠陆续出现在国家级野生动物保护名录的名单里面，这都是《未成年动物保护法》的功劳。似乎猎狗们可以合法猎取的对象变得越来越少。

可是在以前的日子，很早很早。"九月九，赶盐场庙会"，初冬农闲，农民卖掉余粮物产，捏着两张大团结就开始到几十公里外的盐场去赶庙会。在黄河下游的村庄里，有无数个因为白乎乎盐碱地泛滥而命名的"盐

天上天马行 2020
纸本设色
23 × 33 cm

场"或者"碱场"。我说的是我们碱厂乡下属的盐场。这是非常化学，也非常贫瘠的不长庄稼的地名。

赶庙会听戏购置新品。也可以顺路牵着狗背着枪围猎沿途大面积的盐碱地荒滩上的野物。"九月九，打兔子。"在本地人的土语里，拿猎枪打野兔也叫"打毛"，要是有人九月初九的生日就会被人戏称为是和兔子一天生的。九月初九是兔子们的受难日，挨枪子，被狗撵，被锅炖。是兔子们集中转世投胎的日子。

来自四面八方，十里八乡的马车驴车，软细货物，农耕农具，毛皮衣裳；切驴蹄子的，钉马掌的，卖活家禽猪牛崽子的，大牲畜配种，活人拔牙的，剃头刮脸的，戏班子马戏团，算命看相的，供销社处理存货的，全拥向有数百年庙会传统的盐场。农闲的农民束装成猎人，背着火药铁砂枪，各种各样的式样，恍如潜藏数十年不动声色的敌后游击队一样。他们一起徒步赶脚往庙会的方向努力，顺路围剿沿途的野物，但也绝对不放过误入视野的所有家禽。

曾经有打毛的时候误伤在野地里野合的男女的传说，可信度不大，徒徒为了增加"打毛"这一传统狩猎的黄色浪漫，给这种既不英雄无畏也不铁血浪漫的杀戮游戏增加一些荤色作料。狩猎的胜利者在庙会场上兜售满身都是血窟窿，被打得烂穿的野兔子、野鸡、山狸子。换几个大团结。然后哼着走腔的河北梆子，到包子铺买几个肉包子，或者拎一斤驴肉半斤烧酒挤在庙会戏台下的长凳上听上一回忠孝节义的梆子戏。

在我的记忆里，我爹把他打到的一只兔子带回家向我和弟弟炫耀，兔子的尸体被扔在压水井旁的旧磨盘上，娇小的身躯变得僵硬，伸直的双腿保持着逃命时的姿态；它的肚子被火药枪轰没有了！我爹把兔子尾巴割下来给弟弟当玩具，又把残缺不全的兔子皮扒下来，粘在山墙上。那是他打的第一只活兔子，尾巴和皮子都是要炫耀一下的，其意义一点也不亚于印第安人割头皮。我也用那把火药枪打过夜里栖在杜梨树上的斑鸠和邻居家养的鸽子。后坐力震得肩膀疼，所以打不准是常态，打准都是瞎蒙的。而且只有一发子弹，能打到奔跑如飞的兔子，算是奇迹了。事后一直想有一天不读书的时候，成为一个地地道道的农民，每年的九月初九就可以牵着狗，拎着火药枪，穿着黄绿色的衣服，赶庙会听戏，参加集体围剿野兔的荣光行动，更幻想在野地里遭遇野合的男女。

　　一切都是来不及。高中毕业的时候，庙会的传统解散了，没有人愿意再跑老远的路到一个几乎没有任何风景，和所有村庄一样破烂的老村庄里去搞一次日常生活都能遇到的集体娱乐活动和经济活动。持续数百年的庙会解散了，戏班子的吹鼓手们从牢牢地拴在时代生活的土地上解放出来，村子里裤裆里还能扛枪的男劳力，各种活跃的劳动力开始输出到土地以外。新世纪的大门已经打开，世纪末所有的骚动已然开始。而我青春的火药桶也积满了力量，身体内充满了子弹。然而正在这个时候，我的火药枪也被村公所代表政府给充公收缴了。

　　一切也为了人民的安全和世界的和平。虽然我只用它来打死过邻居家的鸽子并且意图凭此武器守护伟大的领袖们。现在看来对伟大领袖安全的担心是多余的。但是鸽子却是和平的象征，而我把世界和平的象征给偷偷吃掉了，这个罪过还是非常大的。以致导致了现今世界上的所有战争的爆发。

　　现在盐场的庙会没有了，打毛的枪也罚没交公大炼钢铁了。唯有家狗和猎狗继续在繁衍生息。郎世宁画过的康熙皇帝御驾亲征的猎狗有一种灵缇细狗，身材瘦长，尾巴和腿都高挑着，浑身都是肌肉，奔跑得快。样子像是狗和豹子之间，但也不是杂交。有细狗在，兔子和野鸡们的噩运就还没结束。夜里出猎的细狗在高脚摩托和探照灯的照耀下，昼伏夜出的野鸡、野兔子被惊动得狂奔乱窜，野鸡像被掷出的粗柄长梭镖一样，扑啦扑啦地飞出百米开外。奈何没几个起落，被活拔鸡尾翎；野兔子也尥起蹶子，后腿把冬天里的冻土蹬得飞扬。急命地跑进盐碱地的草丛、庄稼地，躲避飞快的追捕者。

在无数个高光探照灯的照耀下，伴随着驱赶者和主人的吆喝声，越野车、摩托的引擎的轰鸣下，狗腰子上的肾上腺激素分泌嗖嗖的，奔跑的速度比子弹还要快。华北平原广袤无际的黄土地上，兔子的行踪被照得清楚分明，无处可躲。细狗的牙齿把兔子拦腰咬个对穿，衔在嘴里，呼呼地喘气，口水唾沫和着血液滴答。兔子的命比纸还薄。

兔子不幸已然不幸，弱者弱矣，狗的命运也是奇崛。我见过一只过于卖命捕猎的灵缇，身材比例好，一身好毛发，肌肉发达，是狗群中的佼佼者，围猎的头狗；主人也赏识，其他狗狗吃残饭兔皮内脏，它却分到一块儿带碎肉的骨头。这是做头狗的福利，也是一份骄傲。使得它自信满满，也威风凛凛，使其他的细狗对它服服帖帖，母狗们任其临幸，公狗们更是望而生畏。总之是一只神气的狗头儿！

某日的围猎，情景依然，地形不同，兔子被撵得无路可逃，拼命钻到一片白杨树林。白杨树有粗有细，光溜溜青乎乎的树皮在探照灯下泛着冷光，头狗卖命追，兔子卖命跑。在进入树林的一瞬间，头狗砰的一下冲到一棵碗口粗的树上，太特么快了，比博尔特快三倍，借势四条腿骑在被冲倒的树上，脖子撞断，大腿内侧的皮被树枝划烂，翻着血糊糊的肉，肚皮被划开，内脏顺着白树皮淌了下来，光荣地负伤在剿兔大业的伟大征程中。狗主人也心疼，心疼得不得了，又不忍心埋了，只好扒了皮剁成块吃了火锅。一把鼻涕一包眼泪地和朋友们诉说这只狗的仁义往事和光荣战绩。

再收拾起眼泪擦擦嘴边油水，拎着头狗的内脏和吃剩的骨头，扔向四周低眉流着口水还活着的细狗。一只新狗迅速地叼走头狗肮脏的内脏。龇着牙，背立着毛，呼呼地向没抢到的其他细狗示威。主人们相视一笑。他们准备再培养一只有潜力成为狩猎头狗年轻的灵缇，广泛地包装一下，走出亚洲，参加奥运会百米捕猎，冲击世界的纪录。

劁猪匠的梦

我们老家几十年前有个传统行业是专门阉猪的,业内称为劁猪。干这个活的人腰里别着一大串阉猪的工具,装在精致有包浆的皮套里,当啷着红布绳。满月的猪崽子还没来得及发情,刚刚想成为六条腿的猪的时候,劁猪的人就被请来了。

东家备下高度的烧酒，劁猪的喝了一口，顺手把酒瓶放在猪圈边上；薅过等待被阉的猪崽子，膝盖跪在猪脖子上，脚踩着两条腿，把猪的睾丸蛋子挤在两腿之间，明晃晃的刀子在腿上蹭了蹭，刀子把上泛着猪油的光芒，又把嘴里的酒喷在刀子上，酒气雾气映着刀子的寒光；狠狠地把睾丸挤到肉皮薄薄的位置，用刀子刃锋利地划开，两个拇指顺势挤出热乎乎的猪蛋蛋，用力抛向一边早早等待的家狗，又同样的手法挤出另一只猪卵蛋。带着点白丝。

用大号的缝衣针麻利地挑过没有卵蛋软塌塌的囊皮，快速地缝合打结，猪崽子叫得撕心裂肺，身体一拱一拱地抽搐，嗷嗷的叫声引得全村更多的家狗围观。

在村子里待久了，凡是听到猪叫，家狗们就知道要有猪睾丸吃了。

那是贫乏日子里家狗的大餐。

劁猪的把半瓶烧酒倒在猪崽子受伤空虚的私部，算是消毒；伤口上撒把盐有多疼，这种感觉估计就有多疼。西伯利亚骟驯鹿，是把鹿的睾丸勒紧系好，用槌子捶成肉酱；相比较而言，还是中原的阉割文化比较文明，痛苦系数小。

一场动作麻利，流血不多，声音嘹亮的成猪仪式后，猪崽子的生活顿时开始变得乏味，成为一只真正意义上的猪。从此了无牵挂地走上了衣食无忧，吃完就睡，睡了就做梦的被屠宰之路。

昔日宫里的太监，也是如此待遇，就是细心呵护了许多，割掉的宝贝儿自己供养留着以待全尸入土、没被狗吃掉，中间插个麦秸秆导尿，焐在火炕上保暖，等到开春养好了就能伺候主子了。一步一步熬，混成大太监，伺候皇上，小黑屋里谋秘策，辅佐社稷，成为名垂千古的大奴才。

劁猪的现在没有了，农村破落，行业衰败；好吃的猪得吃娄知县在山里养的，他家的公猪的脑袋像拖拉机头一样大，卵蛋像脸盆一样大。种猪好，母猪就爽，猪崽子出栏就快。刚发情就长大出栏了。德国技术

天使射猪图 2018
绢本设色
47×33 cm

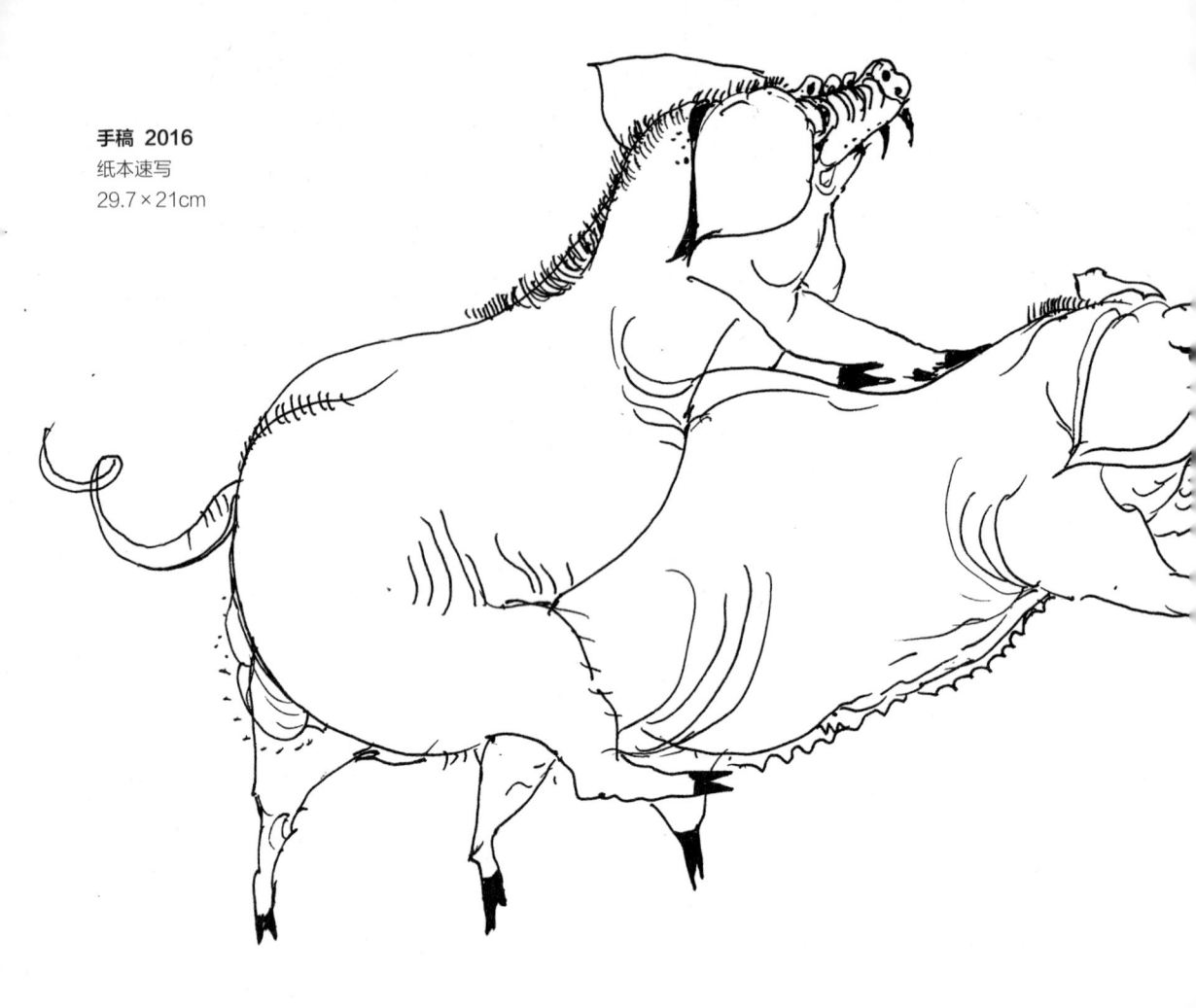

手稿 2016
纸本速写
29.7×21cm

二十三秒就速冻好,冷藏物流想吃就买。

阉猪劁猪这门大学问没来得及申遗就差不多消失了,实在是可惜。

挨劁的猪没有了,挨劁的人却生生不息,一茬接一茬。阉割不在身体而在大脑。不是被狗吃了也是被狗叼走了!

脑子挨劁这门学问是个大遗产。基本上人人都有份儿,不用申遗谁也跑不了!

给猪的年

山东是个大省,幅员辽阔,人心宅厚,特产什么的都很多。快板、煎饼、武大郎和赛人间的扒鸡。它的电视台除了《快乐向前冲》和蓝翔的广告之外，最著名还有各种化肥和猪饲料。"四月肥，四月肥，四月不出肥，厂家包所赔"。猪是好猪秧子，料也是好料，以至于后来看到胖子的时候我就想到这句广告语。

挨劁的猪伤口刚养好，无忧无虑，好吃好喝的梦刚刚开始，奈何四个月就得出栏；屁股蛋子溜圆溜圆，屁眼杠杠的菊，看不出一点挨劁的痕迹。便肉乎乎奔赴成为一块猪肉的光荣之路。

猪的使命是唯一的，死法却不尽相同。

在成为地方名优土特产，无锡酱排骨、金华火腿、哈尔滨红肠、凉山老腊肉和东坡肘子之前，一块猪肉经历的杀戮总让人唏嘘不已。

德国高科技线，猪们还在摇的空里，瞬间就头，痛快地赴死。水线的架子上，身姿优美得就像操运动员一样。杀猪的流水头晃脑看稀奇被高压击中猪身体被挂在流传送带滚动，个单杠上的体一路开膛破肚清下水，前腿后座、当腰猪脸、大肠下货、猪尾巴分得一清二楚。我们老家有个品牌的火腿厂，整车整车的猪拉进去，整箱整箱的火腿拉出来，算是成就在流水线上的批量肉产品。

娄知县说他的养猪场也如此，利索麻利杀完，二十秒钟速冻，快递想吃就吃；种猪的脑袋和火车头一样大，我觉得是吹牛×，不可能那么大，最多像个拖拉机头一样的就不得了了，算是中华猪王。这波猪瘟过后，老娄的拖拉机要是还活着，就是为我们猪的血脉留存做出的巨大贡献。

除却流水线，高科技杀猪，产业化作业。乡间的杀猪，尤其是我们碱场店子乡的杀猪伟业，总有不一样之处。过年节，提前预约的地方的杀猪名手和前朝的杀人名手一样金贵。秋后开刀问斩，菜市口吃人血馒头，

60

手稿 2016
纸本速写
29.7×21 cm

刽子手的好刀得砍在脖梗子肯綮上，不拖泥带水，成就一个痛快的"七斤八两"。要是技术不到家，刀不快，钝刀得砍两三刀，三五刀，咔咔咔，咔咔。脑袋还没掉，活人也受不了。

人脑袋且砍不下来，等着吃人血馒头的也着急。

干什么事儿都得有点专业基础，不懂装懂瞎折腾那是糟蹋东西。杀人如此，杀猪也如是。预约了一年的杀猪把式，进腊月门的时候来了。卸了角门的门板，支好火炉烧开满满当当滚烫的开水。几个人合力把肥猪撂翻，放在门板上。白刀子进红刀子出，扎在猪脖子大动脉上，冒着血泡的猪血咕噜咕噜地流到提桶面盆里，晾凉了就是猪血豆腐。有个成语比喻人比较激动，参与什么集体活动之类的，像打了鸡血一样，如果热情过火，需要打的血量足一点，可以打一点猪血。量大。

给猪燂毛是个技术活。就拿燂猪毛来说，等于给猪全身剃个光头，溜光锃亮不伤皮肉。杀猪的得是好手艺，一般都属于村一级的非物质非文化的遗产传承人，一刀下去，国产中华黑猪肉就燂一层毛，得见得着白花花的肥。

杀猪的磨亮了剔骨刀，在猪后腿膝盖内侧，豁开一个小口，挑开猪皮，拿来自行车的打气筒，把鸭舌嘴撑到膝盖后面的软皮里面，用尼龙绳扎紧，两个人轮流使劲，用气管子从猪腿开始往猪皮囊里面打气，不大会儿工夫，猪皮鼓得像个溜圆的大气球，猪的乳房撑得平平的，排扣全给吹平了，猪尾巴也吹得直立起来，整个猪敲起来嘣嘣的像个皮鼓一样。热锅里的开水一下一下浇上去，热气腾腾的，把猪毛烫得软软的；杀猪的挽起袖子，两手使劲把剃毛的刮刀下去，一刀肥油油的白乎乎的

手稿 2016
纸本速写
29.7×21 cm

猪肉膘，瞬间映入眼帘。这好比方，鼓起腮帮子用威锋剃须刀刮胡子，皮毛立起来，好剃。不用气管子直接用嘴吹，那也是肺活量牛×。彝人的火烤拔毛，猪是受了冰火两茬罪。

死猪不怕开水烫。就是得杀利索了，曾经有杀猪的毛都燎净了，猪又缓过神来，撒丫子跑，满院子里的人跟在猪后面追，人撵狗叫，直到血染半个村子猪血流尽，几百斤的身体轰然一倒，甚是悲催。

我一直默默祈祷让猪下辈子投胎做个好人，享受一下真正的梦一样的生活，享受一下人间的荣华富贵。这辈子轮回到畜生道里的猪遭多大的罪啊，托生为人得享点福。

呼伦贝尔大草原，小羊羔子挨宰的时候，在胸腔割一个豁口，拳头伸到里面摸到心脏，把羔羊的大动脉用力攥断，心脏调个转身，慢慢让血流到羔羊的腹腔里，趁热扒皮，血肉交融，架火烤肉，据说这样烤的羔羊最嫩最香。小绵羊前一秒还在嗷嗷嗷嗷地叫，一会儿就断气了。

从猪说到羊，跑题了。但迄今为止一回也没见过愤怒的老山羊。至于愤怒的老山羊，那可能是一首歌。

血腥的杀猪的时刻有个深深的福利。

等到剃毛刮净以后，杀猪的从热乎乎的内脏下货里面，仔细地剔出猪的膀胱，挤出一泡黄乎乎臊气的猪尿，翻个个儿，留半截尿道，噘起嘴撑到猪尿脖里，憋足了气把尿脖吹得滚圆，就成了一个天然的气球。只可惜玩不过半天，太阳一晒，尿脖就像个没抹粉涂装的脸一样干瘪了下来。杀猪的时候得到个尿脖，是杀猪这件血腥暴力事件中唯一放松的事情。

孩子们不在乎后来猪肉的遭遇，是成为名扬天下的东坡肉，还是成为世界非物质文化遗产的酱排骨。尿脖是枯燥日子里的调味剂，也是杀猪过年的礼物。冬日浑灰的日头下，尿脖滚在泥土里，剩余的黏液沾满草灰，谁也不在乎脏净，以能踢一脚为开心事。他们争抢拥抱追逐那个曾经充满尿液的猪膀胱,在他们的心里也许这就是能飞的未来。

尿脬能飞,算是猪身体的一部分长了翅膀。

拥有一个充气会飞的猪尿脬,这是孩子们的乐事,也是杀猪盛宴中比吃肉啃骨头更有趣有乐的事儿。

他们只拥抱那个猪尿脬,也只在乎那个猪尿脬!其他的都是浮云。

鸡山英雄谱

大将军飞哥,字鹏举,沧州府德平县岳家庄人氏。

飞哥武功高强,老辈儿就是练家子,早些时候在水泊鸡山落了草为了寇,弟兄一百多号子,靠抢空投,打劫过路的吃鸡客讨生活。大教头是叶不问,军师是本家岳不群,都是吃鸡的好手。男英雄不表,女英雄们有开过乐队敲过架子鼓的梁红玉、骊山老母的大徒弟、山寨一枝花"赛木兰"樊梨花,压寨夫人穆桂英。教了一帮习武的徒弟,有名有号的有大徒弟陈真,二徒弟梁小龙,三徒弟李小龙。后来剿了同门的袁腊和座海雕,算是投名状,受了朝廷的招安,戍守在乌龙山一带抗击外服的抢鸡客。徒弟的功夫好,十八般武艺耍得溜,一身的肌肉块儿横练,全国的、世界的吃鸡冠军都拿到手酸,打遍宋朝奥运会,横扫横店无敌手,内服外服不开挂,人人都是神枪手,个个都是鸡界的名人。人送外号"无敌飞家军"。

杨氏,说书的都称岳母,是飞哥的亲娘,原来是个宋朝地方书协写书法的,跟着苏东坡黄庭坚上过几天名家班,算个女中豪杰书届丈夫。颜楷魏碑,力透后背,也学篆刻,东林印社的社员,玩票演过京剧《四郎探母》,演了个本家,票房比冰冰饭饭还好。后来老太太嫌刻石头唱

戏不过瘾，改行玩文身。大宋朝某年某月某日，恰逢飞哥北上真瞎子岛抗击抢鸡强团老毛子。临行前在亲儿子后背用铁锥刺了"精忠报国，今夜吃鸡、吃不到别回来"N个大字。刻字前先给飞哥喝了三碗高度鸡血酒，麻醉一下后背和脑神经。老太太刻得过瘾，手里拿着血淋淋的锥子，边刻边唱西河大鼓，词曰："今日痛饮庆功酒，壮志未酬誓不休，来日方长显身手，甘洒热血写春秋。"

水泊鸡山的弟兄们听着看着，个个热血沸腾、叫好起哄，有文身的

摸了摸文身,没文身的摸了摸朝廷刻在自己脑门上的"囚"字。回忆起当年的疼。

飞哥后脑勺没眼,后背写的啥自己看不见,老太太刻的写的什么都不知道,除却一片吃鸡的忠心,也权当是老娘拿自己文身练手。且心里知道老太太唱的戏词好,刺完了字,自己也哼哼唧唧了一天戏词,精神药物,多唱几回能止疼。

待转回家去压寨大姨太太穆夫人告诉他,老太太刻字不易,得思量

65

说岳全传 2021
纸本设色
66.8×22.8 cm

半天又提笔忘字，改了好几回。最后在你后背画了一张皮皮虾改的抽象水墨。落款是"精忠报国，一定吃鸡"。飞哥那个感动啊，最喜欢"精忠报国"这四个字，精神力量的源泉。飞哥一直感动，感动得只能趴在床上睡觉，疼得不敢翻身，睡了两个月才缓过神来。

人一旦产生了一般人都实现不了的高尚的理想，就会自信心爆棚，不自觉地骄傲。多少次飞哥站在鸡山之巅，倒背双手，遥看群山起伏，仿佛整个鸡山都笼罩在崇高的光辉之下。飞哥的心和遥远的蓝光一起焦灼一起煽动。他摸着后背的伤疤，暗暗地说：此世今生一定要吃尽天下所有的鸡。

大将军威武霸气，背负着母亲的嘱托，在崇高理想的指引下，没日没夜地苦练武功练精兵，狂练家传独门绝技"迷踪拳"，大摆岳家钩镰枪、迷魂阵。又教给徒弟们合唱《满江红》《游击队之歌》，惊天地泣鬼神声震鸡宫维也纳。飞哥不搞乐队搞军队，不要娱乐不逃税，一心要收复割给老毛子的一百五十多万平方公里的鸡地。

有诗赞："飞哥大练兵，大漠起狂风。母子感情真，刻字刻得深。飞以鸡血照轩辕，留取丹心照汗青。"

飞哥一心收复失地，练得兵强鸡壮，比林冲教的三十八万御林军都有战斗力，吃鸡的粉丝很拥护，不远万里地推着独轮车赶着鸡车，送粮送米支援这支吃鸡大军。天时地利人和，看天象，收复失地似乎指日可待也。

曾有一役，飞哥孤军深入外服鸡山深处，单人单排孤军夜挑金军大营。

那一夜，夜黑风高，涨潮时分，月亮已经挂在了鸡山血染的树梢上，月亮也带着血色，映着早夭的日头的光辉。士兵们已经冲锋了无数次，鸡山上覆满了射手们的粉红色的骨灰，然而对于飞哥来讲，每一次冲锋都是新鲜的。伟大的系统把鸡山冲刷得干干净净，后台运行的配乐瞬间切换成庆功酒的京腔京调。染血的急救包，死去重来的记忆，跑毒的痛，

狙杀晋级的快感，一切都了无痕迹。

又曾经，飞哥内服外用打败设擂挑战的俄国大力士金兀术，那金兀术是女真族与俄国老毛子的串儿，无论如何和座海雕袁腊一众吃鸡好手不一样，总归算是异族外敌；这金人毛黄脸黑，胳膊粗拳头大，自恃膀

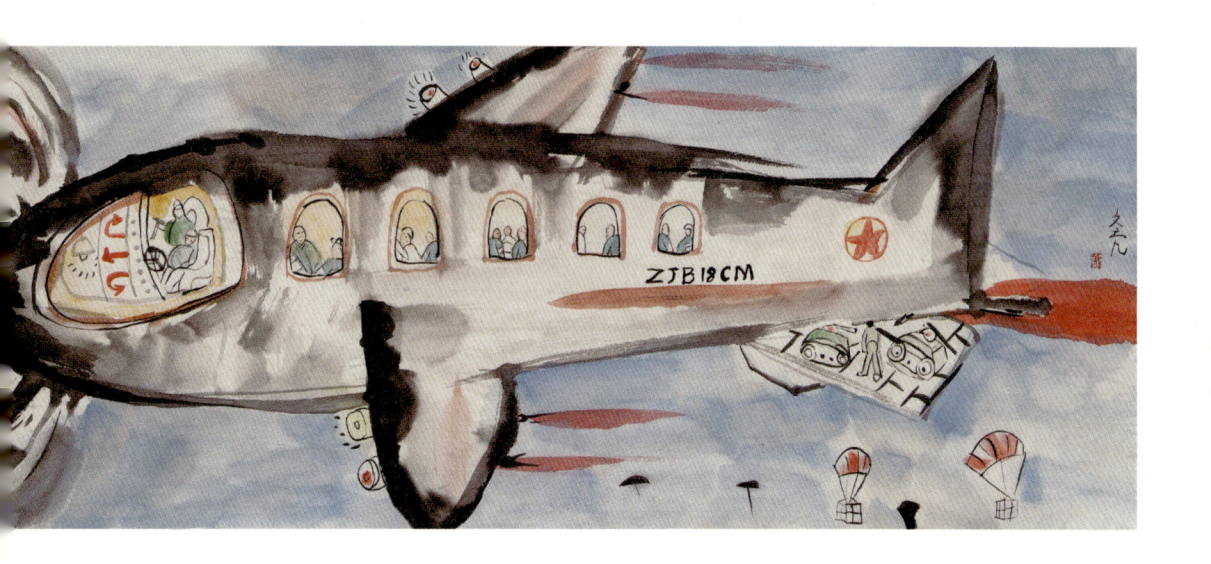

大腰圆，一把 M24 扫遍鸡山无敌手，也得过几届鸡王大赛的金锅盖；曾在黄天荡鸡丝洞门口写了"华人与鸡，不得入内"的牌子，阵前设擂，辱我中华无人。而今摆擂处又榜书牌匾挑衅。

金兀术吃鸡使的是蛮力，格斗一派，AK 一通乱扫，其实禁不住飞哥四两拨千斤的岳家迷踪拳歪身小点射。太极打不过格斗，喷子干不过狙，那是现在，算是沦落了。从前不是的。打斗场面不出二十秒，不出两下便被岳飞一招借力打力摔下擂台来了个狗吃屎，爬不起来。岳飞躬身抱拳唱了个诺，又转身一脚把牌匾踢了个粉碎。咔嚓咔嚓，吓得一众伏地魔老毛子屁滚尿流，夺路而逃。

经此 H 城大捷，飞哥威名大震，各路绿林好汉亚非拉各服吃鸡好友，

十八厘米 2019
纸本设色
69.5×23 cm

纷纷攘攘前来道贺，推飞哥为五岳盟主，一统江湖，千鸡万代，将军都一一按下，飞哥心里门儿清，晓得鸡山之后山坐着一个耍猴的伟人。飞哥一心只待伟人亲征御驾，一鼓作气拿下鸡山之首海参威，迎回二帝，以期挽回大宋朝国画界的巨大损失。总之，胜利的喜悦弥漫人心，飞哥的鸡营里面好一派胜利气象，人人振奋，岳家军天天像开了外挂一样打了鸡血一样，在爱吃鸡的精神鼓舞下，飞哥的吃鸡大队战斗力爆棚，血量噌噌地井喷。而飞哥"鸡界number one"的称号更是响彻江湖。

却说这金兀术内服打擂打不过，吃了大亏，怀恨在心，隔日竟打起害死岳飞的主意，暗中准备了神经毒剂鹤顶红2号，买通在岳府工作的林平之下毒害死岳飞。林平之为了练《葵花宝典之吃鸡秘法》乐得答应。万事俱备，自己割掉自己的鸡鸡，在训练场练了两年的枪法，只待一天飞哥中毒，金家得了天下，找老毛子邀功领赏，封个官办的武林盟主坐坐。奈何计划没有变化快，菩萨保佑，飞哥命大不该此处死，也幸亏是皇上的十二道金牌连续催得急。岳将军没来得及中了异族人的毒，就前线变后方，从黄龙府班师回朝领死而去了。

将军拥兵自重，武功还高，仗打得好，人气旺，大宋朝传播的都是岳飞的威名，比万岁赵高还威名。

前方的敌人害怕，后方的皇上心惊。

皇上的十二道金牌，就是十二个催死的符。上峰的意思是飞哥得死，飞哥不死我睡不着觉。隔日把飞哥养成第二个安禄山，皇上做不了我得逃命入蜀。皇上为了赵家的万代江山考虑，也是为了自己天下吃鸡第一人龙椅宝座。只是矜持着拐个弯自己不明说，得找个"汉奸"做挡箭牌。终究是秦总丞相聪明，揣度圣意，成全皇上，弄了个"莫须有"罪名速度弄死了飞哥。

皇家英雄的死，一定要死在自己主子手里，才死得其所，死得不朽。

飞哥的死，死得惨烈。

大吉利 2019
纸本设色
139 × 68 cm

据说临死前还是要上刑的，脱了上衣，皮鞭抽打，浇沥青，剥皮，撕下有岳母书法的皮肉，然后血尽人亡。

飞哥死了，没有急救包。人不死即割肉剥皮，后世还有刀剐袁崇焕，割了三千五百四十三刀，围观之人分而食之；每逢此处，说书的说得唾沫星子乱飞，听客听得快活。但是，不割谁的肉，谁都不疼。即便割，割一茬也不觉疼。一辈子都在跑毒，就是没有毒跑得快。这可恨的蓝光。

说书说得好，不如话本故事自身好，什么传奇都不如现实的真神奇。何况说得好的都不在本门里。听书吃鸡，只有舔包最快活。

耍猴的要义

秋分，新野的耍猴艺术家拎着三两个太行山的猕猴，踏着脚手拉肩驮不辞辛苦地自费到吴桥县国营杂技表演艺术团参观考察，学习交流耍猴的表演艺术，以期参加五年一届的全国猴艺大赛。

那一时刻。新乡辉县的，峨眉山青城的，华山的，沧州祖传十代的各路耍猴的英雄好汉，边走边耍往耍界的盛会集结。一路上村镇里边走边表演讨生活，顺路到郑州济南的动物园商贸城批发点毛衣、毛线、针管笔，耐心地织一副精湛细腻的帽子做道具。

活细就是好彩头。

竿子的高度是耍猴界的业界高度和心理高峰。

然而这都是次要的，猴子们的真心是，路过德州可以从竿子上溜下来，撕一下鸡毛，撸一撸真空扒鸡。

经年累月挨耍挨训爬猴竿，在耍猴的要义要领指引下，猴子们在打一巴掌给个甜枣吃的训练模式下早早就掌握了表演的套路；有乡野间的

西游记打怪升级图 2021
纸本设色
47×23 cm

走穴实践表演撕鸡毛，人兽间经日的厮磨，人猴角色的转换，农贸市场毛衣编织技术的进修，吴桥杂技之乡倒立一指禅的参观学习，猴子们才得以深谙猴戏精进之道。比如，调戏捉弄耍猴人逗围观的瓜众一乐，以博得溢美之词，或者又被耍猴的打得吱吱乱叫，演一出苦肉计，拨动瓜众们的恻隐之心；又或者互动再三，撩一下新媳妇骚妇女的裙摆，引得一声惊叫娇嗔逗围观的泼皮们起哄，或者最最精彩和要紧的是，让两个猴子争一个水果，或者三个猴子分两个水果，这个节目最感人，但是我感觉总没有人世间的真实好。

瓜众们都好奇地寻找自己祖先的祖先基因传承，新奇于衣冠之下猴子的尾巴与天生的同族模样，仿佛模糊看到自己的影子，又仿佛看到了真人六小龄童或者是四大名著里面的孙悟空下凡一样，一个不带光环的斗战胜佛。

　　这是廉价而带毛的虚幻。

　　在瓜众看来，猴子总比人新奇，比如他们的屁股竟然真是红的，眼睛也的确如同火眼金睛的金鱼眼一般，剥起香蕉橘子的皮来麻利得紧，嗑瓜子的速度比王老师还快，且戴起乌纱帽和穿起官服来除了雷公嘴毛脸和尾巴实在是猴相，其他都蛮有官的模样和气派。总之，猴子是个动物圈里天生的好演员，并且似乎是这场猴戏表演里的主角儿。

　　表演结束了，下一个节目是大卸活人和口吞宝剑，耍猴的赶紧清场子要一拨儿钱。耍猴的敲着锣，着急把套在猴子脖子上精致细长的铁链收了回来；铁链子包浆磨得厚厚的，猴子脖颈的毛也脱落有痕。猴子围着场边，陶醉着表演的余韵，挣脱着，半自由地讨要瓜众的零食，享受一下溢美之词，比如这逼真的猴样真像孙悟空啊，或者是真像六小龄童之类赞美之词。耍猴的着急掏钱，不耐烦地拽铁链子一把薅过来，猴子挣得链子吱吱嘎嘎地响，我还没听够呢，溢美之词……耍猴的拿起鞭子，挥了挥，空里抽了一个响，泥，还不给我回来，啪啪啪，三声鞭响，猴子惊叫地钻到后台捡起精致的毛线帽，跟着耍猴的颠颠地挨个讨散碎的毛币。

　　多优秀的演员啊，演猴子像个人。简直就是心疼。

西游记的计

　　这两天一直睡得晚，比现在这个点还要晚。工作室里来了只不速之客，飞毛腿耗子，折腾了几个晚上，一直折腾到半夜，不得安宁。

　　人和老鼠的战争持续了几个世纪，基本上败给了老鼠频繁的性生活和超强的繁殖力了！这小动物出动的时候根本不怕人，在墙角或书堆边，挂画线上悠闲散步，还用油灯绿豆大小眼睛瞅我，撩拨我。春天来了，耗子都在发情，着急找窝筑巢生老鼠崽子，打打大浦洞大浦西什么的洞洞窝窝捣捣蛋蛋。不讲规矩地乱啃乱咬，到处搞破坏。

　　设了机关陷阱粘鼠板老鼠夹什么的总是无效，发大绝招大决心弄了个高科技的变压器捕鼠器部署在工作室门口了，挺管用的，老鼠一碰着疼得撒丫子就跑，还可以消停半夜。好使！真心觉得变频捕鼠器牛×，再也不用和老鼠瞪眼送秋波，喂零食送诱饵，谈判协商了！我们隔壁摄影工作室的谢大师不但没抗议我部署了防鼠神器，耗子都跑不到我这里来了，还专门打电话喊我吃酒，做了老母鸡喝河蚌汤犒劳我！这都是什么世道啊！

　　一个摆拍的老奶奶，戴着老花镜拿着绣花针，绣着一只活灵活现的王八，说着几句网络老段子，南海观音东海龙王的传说以佐证海洋世界都是我们国家的，顺带捎着月亮和上面的蛤蟆，正好可以和手里的王八凑一对儿！临了还要凑份子打韩国。真让人激动。像我这么一个铁石心肠，没心没肺的人，也一下子什么都软了。多让人敬佩的老奶奶啊，太有觉悟了……

　　菩萨啊龙王爷啊嫦娥什么的都会在仙班保佑的！要是真over了，还有太上老君的仙丹救他们呢，阎王爷也是中国人？多说几句好话没准儿也不着急收人。多和谐啊！大家都是一家人，都来自西游记。

天上人间 2020
纸本设色
132×32 cm

　　龙王爷有四家,管着整个大海,还有个井龙王,负责下水道。还有玉皇大帝管着宇宙!四大名著只有《西游记》《西游记》《西游记》和《西游记》。
　　四大名著里面,《西游记》拍得最多,培养了众多的猴迷。最近那个欠我们一张电影票的导演,拍的西游最露骨,主角早都不是猴子了,改成没演技的演唐僧了。猴子再牛×也得讲秩序,听咒语,干体力活!还迷什么猴子啊,悟空都被玩坏了,基本是个废材是个奴才了!管你七十二变火眼金睛。

半夜鸡叫

小时候学过一篇课文，题目是《半夜鸡叫》，内容挺惊心动魄的。里面的鸡都是神经衰弱症，半夜不睡觉架不住别人一撺腾，天还不亮，周扒皮这个假鸡一叫，一群鸡就跟着起哄乱叫了，苦命的长工们不得不在伸手不见五指的夜里去干活。

有个典故叫"鸡鸣狗盗"，说的是会学鸡叫逃跑的事。《史记·孟尝君列传》里记载战国时期，齐国孟尝君田文，即将被捕时逃亡，夜半至函谷关。按规定，晨鸡报晓则开关。随从中善于口技者学鸡叫，群鸡叫，关开，顺利出关逃命。也挺惊险刺激的。

函谷关在中原高玉宝在东北，事不分古今，地不分南北，鸡不分男女，都是经不起忽悠的主儿！

所有的鸡都是夜盲症，天一黑就看不见了，这是鸡的生理缺陷，黑暗中没有光只会扑腾乱飞，蒙头乱闯或者逮着墙撞头掉在地上砸个坑，弄成无脑震荡。夜盲是鸡们的悲哀，黑暗中它们天生就是睁眼瞎。鸡叫有真假，画呢有好坏，分不清看不出都是没药可救。

　　猴年春晚一群猴粉主张六小龄童出来过〇点，除了情结傻以外审美也有问题，看春晚能熬到十二点，只能说明精力好。要是还能等着集五福就更是傻了，得吃五福心脑康补补。按这个逻辑呢鸡年除夕跨年，〇点出来的，除了所有的俗鸡以外还得有个卯日星官一样的神仙老怪仙界大咖鸡精。半夜一叫，大年初一就来了。

　　鸡年了，一切大吉！半夜鸡不叫，狗不闹，一唱雄鸡天下白，睡个安稳觉，一切平安嗨皮。

小白找不到了

　　刚入冬的晚上，画画画得晚，出门在地铁口吃宵夜，淅沥沥地下着雨，不打伞不穿雨衣的一会儿就淋湿了，晚高峰一过，大马路上伴着经济的萧条和冷雨的萧瑟少见人影车影。一只白色的小狗就站在五爱路地铁口和工行的交口处呆呆的，回望每个路过的人，焦虑地踱步，尾巴上和肚子上开始伴着马路上溅起的泥水，耷拉着耳朵。第一个念头就是走丢了的狗狗。

第二天的晚上依旧是在老地方等着。只是精神萎靡了毛色也脏了。那个时候我在想我要是有个狗肯定不让它走丢了，在苦雨凄风里等主人，然后再多一个可以类比所有的感人的神犬小七忠犬八公的故事。隔了一天的早上小区旁边开始贴着寻狗启事了！我一看就知道是那只在地铁站门口等主人的小白狗。抄了电话打给对方，不久就来了个傻×一样的青年，着急问详细的地址和时间，我说那狗在雨里等了你两天，再后来我没看到。估计走远了走丢了或者被人拐走被人吃掉了，毕竟不是每个人都爱狗。他的眼泪刷地就下来了，我也戚戚。狗走丢了基本就没希望找回来了，这个世界上准备吃狗肉的人比爱狗的人要多，所以我现在会冒出来一盘热气腾腾的狗肉火锅和血淋淋开膛破肚的景象！

前年发烧犯病买只鹩哥，小鸟依人，会唱会跳会说人话，也是陪着我画画，飞着落在我头上手上，好像我就是鸟爸爸一样！隔日出差，回来鸟死了。伤心了好多天画了好几张鸟的画纪念了纪念。林子大了什么鸟都有，只是我养的那只鸟飞走了再也没有了。

南艺的郝教授也养狗，以狗为伴。看到我家的小拉说怎么不见你画自己家的小白啊，有这么可爱坦荡的一个模特，画画它肯定好看。我回复他说小拉天天腻着我离得太近了，一画就画得像，一像就俗，得画离

演 2018
纸本设色
43×33 cm

得远得见不到的，可以画得不像。他说也是这个理。

现在是小拉走丢了，不知道它会不会在哪个路口等我或者是到了一个比我富贵或者比我寒酸的家里，至少有吃有喝，或者就等着火烤刀剁斩肉进锅。这都是一只狗狗的命。

无锡那么大，哪里能找到一只走丢了的拉布拉多呢！

小拉叫小白，一岁半。黏人懂事。要是找不回来以后就出现在我的画里了，要是找回来我就送那个主儿一张我的画谢谢他。

大吉利图 2018
绢本设色
43×33 cm

大盛風止

江南河翻

天上大风 2021
纸本水墨
34×34 cm

P.81

白鹿艸堂

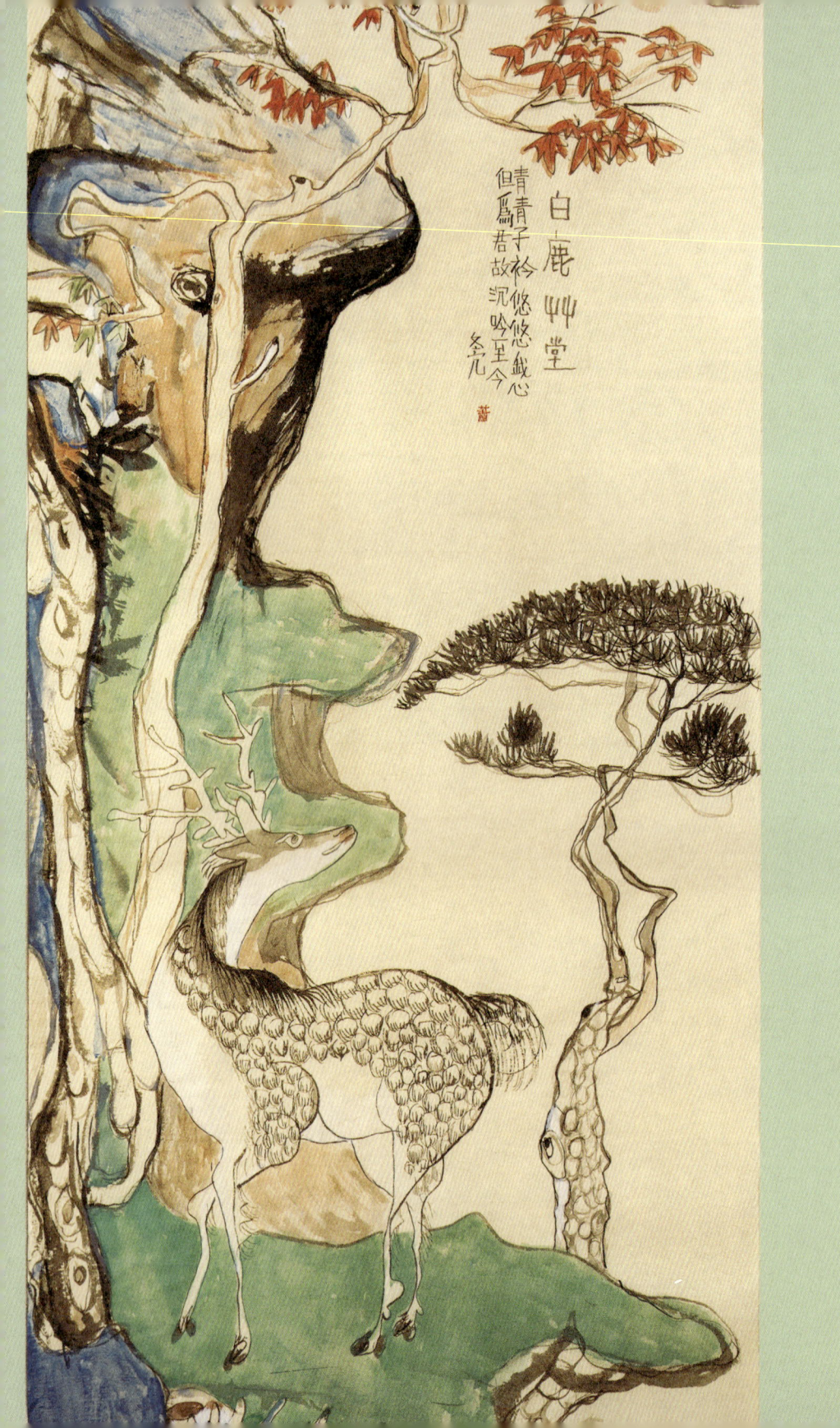

青青子衿 悠悠我心
但為君故 沉吟至今
冬九

江南河翻

河翻是件很残酷的事情。

尤其对于鱼来说。

可对于东北塘南禅寺西水墩河铘口崇安寺一带的泼皮无赖讲，河翻就是个狂欢的日子。

7月，入伏后的中午，岛上所有的树叶都在午后被晒得成了面串条，耷拉在枝头，落在地上的光斑依旧耀眼，怕热的人儿都龟缩在空调屋里吹空调电扇躲阴凉，丝毫没有一点点风，这沉寂的空气和这个江南水乡的称呼似乎有点不称，气压压得很低。男男女女就像皮囊包的肉馅包子一样搁在这个罩子里面，呼呼哧哧地喘气，湿气把玻璃、镜子，都蒙上了一层厚厚的湿气。

成群的鲤鱼浮在水面张着大嘴扭动着吞食聚集成红云一般的红虫，却又好像是在热得喘粗气；整个梁溪湾里像开了锅一样地沸腾，满满的都是吱吱抖动的红虫和鲤鱼的舌头。这种通体血红的小的浮游生物繁殖后集结在水面，恍如着了火一样的水面，沸腾着又映着正午炽热的太阳，整个江南的空气里，人的身体上鼻腔里都弥漫着响当当辣乎乎的热。

三伏天，天上每天都在下火。

每一拨乌合之众都有自己兴奋的由头。河翻了！河里漂过的都是鱼肉。

那日里看建清兄写的《河翻》，斯文得不得了。恰如人吃肉是不吐骨头一般，掩嘴咀嚼。其实是横嘴的白齿。

鱼叉，抄网，粘网，撒网，弹弓枪，锚钩；小艇，皮划子，柴油机船。俚语召唤着，本家或亲家的亲戚朋友，站在西水关的桥头，南禅寺的码头，东北塘的河湾处，乌泱乌泱的全是鱼类剿灭队。

白鹿草堂
纸本设色
132.5×43 cm

浅吟低唱图 2019
绢本设色
43×33 cm

84

整个运河里横着的都是因为缺氧而半死不活张嘴闭嘴伸着舌头喘气的鱼的身体。主宰生命的快感泛在河岸上每个掌握杀器的人类的心中。沸腾着,要取最肥最大的那条鱼的性命。用锋利的鱼叉叉过它们丰硕的身体,锚钩刺穿鱼皮;急于逃命的鱼把鱼线崩得紧紧的,用尽死期前的时间猛地冲向河底,又被鱼竿的惯性从河底拉到水面,在焦热的水面泛着粉红色的水花。

侥幸逃脱的鱼儿,身上已被鱼钩鱼叉撕去了半边,或者丢掉了半个脑袋,半片鱼鳃,半条尾巴。整个梁溪湾恰如海豚湾。整片水域泛着血红。

太湖的水闸开了,来自河湾湖面的风吹过来,气压慢慢地抬高,侥幸不死的鱼儿一点点地潜入水底,桥头上剩下不甘空手的一众无赖泼皮,不放过顺流而下不死不活的鱼的尸体,讪笑着投出锚枪,拉开弹弓。拖回一条条半死不活的鱼。这鱼,据说在太湖吃了一年的蓝藻,张着大嘴,一年吃掉三五吨。油乎乎,腻乎乎的蓝藻。

这是活在北太湖鱼类的不幸。活着吃蓝藻而死于河翻。

太阳在鱼竿的挥动下终于偏西了!河面次第恢复了平静。蛇皮袋里,面盆里,水桶里满满的都是残缺不全的鱼。各种鱼。各个桥头码头都弥漫着血腥的味道,掉落的鱼鳞,白花花的鱼肠子,腻乎乎的鱼血!散落在石栏杆、黑铁链、铁皮电线杆上。

黎明后的第二天,整个梁溪河里,漂落着熬不过昨天的缺氧、失血、身体的苦痛和臭水沟的荡漾的恶心的鱼;白色的鱼肚皮被河水泡得鼓鼓囊囊的,眼睛死瞪着映着昨天奋力逃命的旅程。

这就是江南的河翻。一场人类的狂欢和鱼类的逃难历程。

湖泛

江南富庶，鱼鳖满池满谷。太湖有三白，白菜、豆腐、水。滋养吴越遗民。每次路过湖边，看到碧波荡漾的样子，内心深处也泛起一片浪意，总能情不自禁地哼起沂蒙小调《太湖美》来，人人都说太湖美……碧波荡漾水清浅，捞鱼捞虾抓蛤蟆。江南一隅多才秀，上溯到历代状元千万，都是吃湖鲜补脑一路下来。水多浪大鲜货多，富庶。不知不觉到今天，水好人富，人富带动水富。人富不一定胖，后浪催得像个人才，人类的精华。高乡的下水流到低岸，水又浑又富。水富就会肥，夏天一来东南大浪吹到北，满满的都是水华，水中的精华——蓝藻。

说中东富产石油，拧开水龙头流出来的都是黑色的石油，细目的筛子过一下，柴油机就能跑，油品好，滴滴答答的都是黑黄金。世界经济的引擎动起来，原油宝可能就不是负的了，还是有前途的。

湖神，吃得太饱了，南泉屁雷哄哄，新安泛着饱嗝，肛底胃底的臭气臭味翻出来，匀匀和和地喷向锡城和锡人，沁人心脾，沤人肺腑。

某日，湖边上的人民打开水龙头，流出来的也是滴滴答答的，不是原油宝和黑黄金，而是翡翠。翡翠的绿，和藏蓝、湖蓝、中黄混在一起，从各个管子冲裂出来，带着冲天的气味，臭鱼，下水道，湖底的泥，鱼的屎混着内脏，混着沤掉的各种水草的残渣。湖泛。一城江南都沤在了绿乎乎、黏糊糊、散发着无边恶臭腥臭的藻水里。蓝藻把锡人都糊成绿人，冲马桶的水裹着绿色的污物，揩揩手脸全都黏糊糊的浓液。

那一年，陈大痣四十岁，抽烟喝酒熬夜码字谈恋爱，女朋友痛苦他年纪轻轻秃了顶，买了成龙代言的霸王生发水，黑乎乎的，希望他用了

87

辛丑百年 2021
绢本设色
45×25 cm

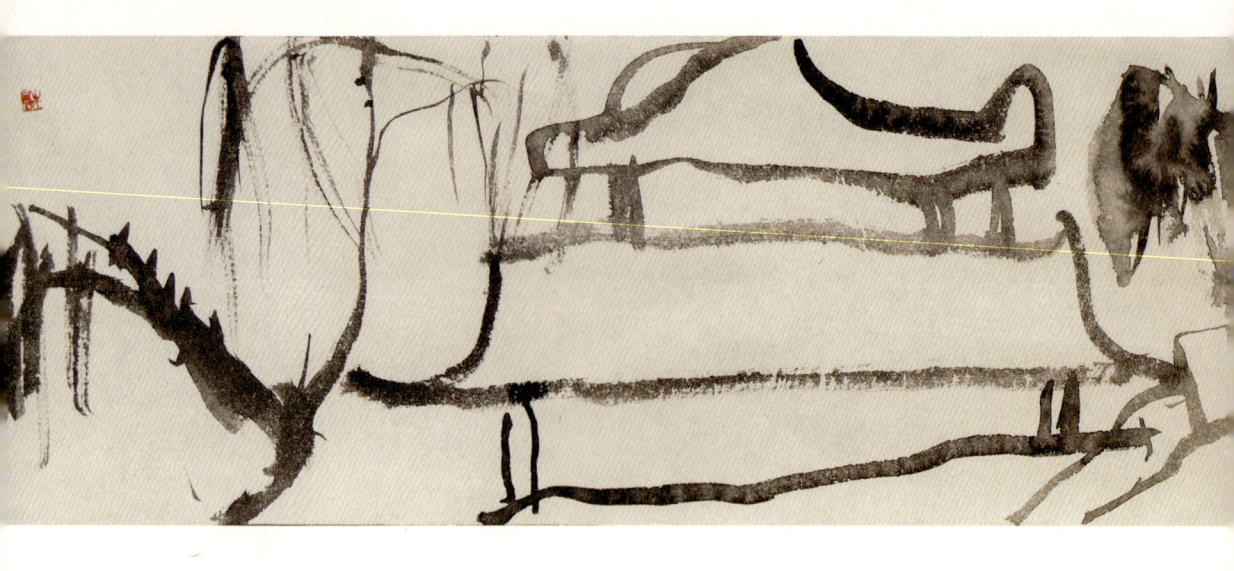

闲写西水墩 2021
纸本水墨
131×22 cm

以后头发砰的一下,马上就大起来。陈大痣配合着疗程从春天洗到夏天,从清明洗到梅雨,头发就好像霉丝一样,茸茸的,终于有了一点点毛毛的意思。

实指望着一头秀发长齐,扎到女朋友宽大胸怀里,不至于像原来一样是个光滑皮球,溜溜圆。一桶霸王用到底干,又兑水摁了三摁。稀释的黑就向隔夜脱胶的涮笔水一样。他不停地抓着,刺激头皮接受着黑色的滋润。

黏糊的水在头上身上越洗越多,花洒龙头里挤出一张完整的龟壳,霸王……真是王八做的啊。真材实料……

大痣刚收了个徒弟,在太湖一线的水文站做道长,一起相熟厮混了数年,前日里递了拜师茶,凑了五桌师迷爱好者在大阿福楼吃了拜师宴,几个酒中仙怪老酒喝喝,皆吹捧大痣又收了一个好徒弟云云,大痣也吹嘘自己吃的桥和过的盐的掌故。今天抓破了头皮也没洗干净一脑袋的蓝

藻液，满屋子被折腾得一股腥臭，从书堆烂纸里翻出手机，着忙给新收的徒弟拨出一通绿乎乎的号码。

倪冯在水文站上白班，南泉的取水口沦陷的消息传到六步港桥的时候，他刚从前日老酒的宿醉中缓过神来，师叔们都是酒中仙，糟烧狂人，陪下来不易，拜师宴喝完呕了个昏天黑地，被人拖回家，一路狂吐胆汁苦水。而现在那一摊摊的秽物就连接着，连接着，汪洋洋地堵在六步港桥以南的太湖大堤上。随着波浪，把黏糊糊的湖液拍打到堤坝上，又缓缓地流下来。

倪道长踩着鱼鳖尸体搭上打捞船的甲板，船被拱起在巨大的蓝藻丛里，随着恶臭升腾的气体一起晃动。一脚下去，巨大的湖鱼腐烂膨胀的腹腔就爆出来自地狱深处的恶臭，烈日照晒着满湖的腐烂膨胀的鱼虾尸体，像漂浮的白猪，河漂一样。打捞船躲避最厚的积液，拨开一层层堆叠的鱼尸体，在湖中间费力地划了一条线，驶向湖中的取水口。像春耕犁地一样，发动机的螺旋桨在蓝藻的身体上翻腾着划开了一道口子，然后又看着它慢慢地愈合。

一切是系统崩溃了的节奏。

胡乱安慰了师傅，让他找点干净水冲一冲霸王牌的蓝藻洗发液，脑子里却恍惚浮现着喝醉后自家婆娘的咒怨：没有金刚钻，就别揽瓷器活。

他又下决心要戒酒了。

陈大痣撂下电话，好像弄清楚了原因，又心里忐忑，又禁不住慰问了几个陈年的酒友，略带自豪地诉说来自一线的报道，湖泛了，鱼都死绝了，秋后的湖鲜船宴要延期了。习惯性地捋了捋绿黑半湿的头发又抠了抠脑门旁的大痣，舔了舔干瘪的嘴唇，这一切隐藏在泥污结壳下，才憣然想起，水，干净水，纯净的水。赶紧的。

堵了门窗，胶带封死，白垩泥灰封死，燃了熏香祷告，蓝藻的味道早日散去。晴天里是太阳的恶臭，阴天里是湖底的恶臭。壶底水壁上残

牛年祝福 2021
纸本设色
131×22.5 cm

留的黄乎乎的藻泥,怎么也洗不脱。衣缝被缝呼出的口气,以及谈论的腔调里都塞满了蓝藻的味道。

沁在皮肤里,肥美江南土人的汗毛,经年的洗澡也不曾拭去,像锈迹,像包浆,流动的灰尘,像触角烟雾一样,成为抹不掉的记忆。太湖有三白一蓝,多一个色。

鹅湖的基

张麻子在鹅湖当冒牌县令的时候,撒满了整座县城白花花的银子都是来自大地主黄四爷家里的。

荡口古镇是隶属于鹅湖的,黄四爷却不是荡口的。银荡不淫荡。古

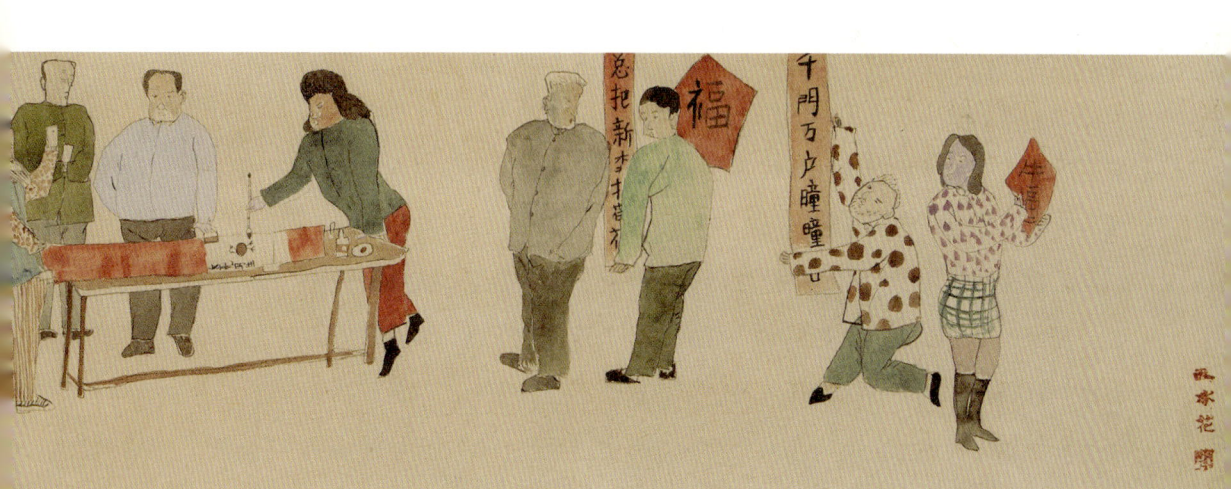

镇的名字据说是人见人爱，颜值爆表的风流少侠唐寅唐伯虎题的；说到颜值，我觉得有才情，不使人间造孽钱，画得好卖得好，有颜值也不是罪。

某天收到河北博物院郝兄寄来的书法，写得好，表扬我。表扬信的词吓我一跳"苏轼唐寅"。顿时准备给字上写的两个老爷子上三炷香；老苏×格太高了，碰不着，摸不着，也梦不到。还是唐寅接地气的，卖画赚风流，挣一份辛苦钱。"有意气时添意气，不风流处也风流"。如何平添意气呢？牡丹亭外唱得好，奈何是写歌的人断了魂，听歌的人最无情。画画的人若要风流，就要买画的人添意气。倘若只看不买，赚个眼福，点个流水赞，却总不如你添意气我赚风流的好。

"荡口"二字都说是唐伯虎的字，几百年前的人还为家乡题字做贡献；可我怎么看都像在字库里面抠下来的。

荡口是好些个名人的故乡，除了唐寅还有华府的华太师和华师太，还有钱穆、钱伟长、华君武、王莘。无锡的地方名人太多，来不及就不多宣扬了。我们只宣传政策好和好政策。王莘纪念馆的门口有个天美雕塑系××做的王莘老先生的全身像，头大身子小，手臂张扬，人人都觉得雕塑作品失败；学院教育毁人不倦，学院派的雕塑水平都差，但是太差了一眼就暴露水平了；倒是天津音乐学院北院的小广场里面王莘老先生的半身像做得还好，静静地矗立在音乐学院里，见证了多少个在广场里大树下恋爱的艺术青年。

古镇人少挺安静，因为门票收得贵，吓跑了一批游客；古镇景色优美，就像个做工精细的手机 APP 一样，奈何需要收费下载，体验度低占有用户就少，店铺关门的比开门的还多。这都不是我操心的，最好画画做写生的地方人都挺少的。在人少的地方写生至少比在像下水饺的汤锅一样的拙政园里写生好，也比整座城包浆厚得油光锃亮的丽江古城好。有一份安静。

水乡古镇模样长得都一样，不一样的是卖点；荡口的卖点是走油肉和团子、花生糖，还有团子和团子。都是非遗。真心感谢金主席和华镇长给写生基地揭了牌；牌子一挂，我们都成了有牌照的人了。本来不会画画，一下子画了十几张，都是基地的鼓励和牌子的支持。真心感谢王晓燕老师还有她的莘子园，我们这个活动都是为了纪念王莘老先生诞辰一百周年举办的，纪念馆里有老先生画的画写的字。他是音乐的大家，要是从事绘画事业，肯定也是个大师。

掌故

  作为一个少掌故、没有老故事、不知道具细脉络的外来务工人员，看待无锡的文化，总没有一个对这片土地充满了各种爱的老无锡、土著来得深沉和直接。

  在窗户外面看屋子的家什，总没有屋子里人对屋子内的东西具细来得详尽详细。是多了一种外在的观察，能知道屋子的方位，屋子里东西的角度，这是朱维铮教授给研究中国史的《哈佛中国史》的主编卜正民说的话。大意如此。

  严导确是那个对这个屋里各个角落，家什，具细，藏露都晓得懂得的人。其人对无锡的典故驾轻就熟，信手拈来，讲到火车站出来一线的××会馆，中国大饭店再到三里桥米市六十年前摇船卖米，手捏嘴闻，分出层次高低，米行老板给个精米一等的牌子，凭着这个牌子就可以吃遍运河沿岸的好馆子，听评弹，泡澡堂子洗浴中心尽可赊账。回来凭牌子结账，拿钱回家，要是年轻人还担心精力好消费过度，此牌子算是无锡最早的信用卡了。说得生动。据说严导备了厚厚的一本书一样的课，除了说明研究深刻外，充分说明了无锡的文化底子厚。至于有多厚？不展开的知识点也得说半年。写文章总想写出寥寥几句就顶一个篇章，承接序言完成总结，或者说一句顶一万句的金句来。

千古文章终有绝唱，文章千古终有牛×老卵之人，无锡画坛曾经出这样的人才，一个人顶几个画派、顶好几页美术史的人。顾和倪。

江南老城拥有的丰富的遗产，别人遭遇的同样的问题，我们依然遭遇。宣化县城拆迁老城的原住民搞开发和旅游的套路不就像年前的南长街改造一样吗，原住民迁移走，把活态的文化干掉再搞一个不死不活的包皮文化，对此无不痛心疾首徒呼奈何。那么多非物质非文化的文化遗产，人文的自然景观的，该不珍惜的绝对不珍惜，该开发的绝不浪费资源。这个路数好像对，也好像不对。

这座城市的文化就像大海一样浩瀚无边，深不可测。这个大海的浪把我们这一代生活在这片土地的人，一次一次地拍在沙滩上。站在这个沙滩上的人离海那么近，也离海那么远。

幸福生活（局部） 2021
纸本设色
75.5×23 cm

西水墩一号

西水墩的位置就在西水墩一号。

没有二号,这是西水墩牛 × 的地方,听起来就像天安门一号、白宫一号一样。有个盖了四年多的楼盘叫西水东,在西水墩的东边,是一个位置感很强的风水师起的好名称,据说是锡城贵得最没谱的楼盘。说是风水好,沾着荣氏面粉厂的龙气龙脉。西水墩就这样一个只有一号的地方,在这个闹市的中心位置,没日没夜地泡在古运河的中间。

西水墩是个岛。从荣氏面粉厂旧址往里走,散点透视般地展开,西水墩像一个长卷。茂新桥、廊桥和显应桥次第展开。打开来的,重新解

构重建的屋宇，戏台和夹杂在古色古香的建筑里面的芭蕉、竹林、桂花树、紫薇和紫藤。西水墩就是这样被翠绿包裹得严严实实的一幅画，四面环水的岛，围绕着，又牵连着展开。从明朝太子太保的私业变成祭拜几路神仙的庙宇，再到今天，古运河水涤荡这个小岛，潮涨潮落已是六百多年的岁月。

我经常想到岛本身才是西水墩的历史，几经重建的建筑和挂在建筑上的牌子都是浮云。可历史又都是由那么多的浮云和碎片组成的，这是历史的路数。也是西水墩每天的故事。

作为固定题材名称的《此时的西水墩》和《这一刻》的照片我拍了好多，差不多是我在这个岛上的心路，也是我目前的状态。在岛上画画，不断在内心世界美化我所待的这个小世界！理想和意淫以西水墩为中心的新的世界艺术中心的形成。

这很傻×，因为不知道哪一天哪个主事之人一抽风，西水墩就真变成了西水东，吴文化博大精深，遗产满地，不在乎抹掉这一点点浸染。

吴文化呢就是无文化……文化怎么发展全看口味儿。古运河申遗是我们回顾历史，吃祖宗饭的新路数，是丝绸之路申遗之后的新思路。

我们这个非常大非常老的大国留下了好多的好东西给我们，物质文化的遗产，非物质文化的遗产还有非物质非文化的遗产，数不胜数。端午节就当是送给韩国的吧，春节送给越南，八月节送给新加坡。我们似乎总有那么多的新遗产，西水墩也是申遗的新遗产。

1496年秋天的一个下午，刚中了进士的秦金看中了这块宝地，做了后花园养了姨太太，在这块宝地养鸟钓鱼野合观天象，做了五部的尚书，留了凤谷行窝和碧山吟社滋养后人，功德无量，西水墩上没立个碑说说都是对不住人家。墙上的砖雕是明代抗倭的场景，刘知县成了水仙保佑一方，西水墩也算是沾了仙气。

潮起潮落，兔走鸟飞，多少茬的人死光光，可是岛还在就算遗产了，有的人有故事写下来就算造化了。无锡历史上出了三个牛×的大师，数一不数二的，一个是顾恺之，一个是倪云林，一个是水蜜桃。还有一个拉三弦的阿炳，风云变幻，谁知道后来的事啊，好好的，每天都是故事。

老人老事（一）

　　老 C 是西水墩上的另一个门卫，看看门收发书报信件。老 C 是工厂里下岗的美术爱好者，画过宣传海报，写过语录大字报，唱过《社会主义好》《黄河黄》一类的大合唱，也算是文艺积极分子，他就是不会跳舞，要是会跳舞也是个广场舞大妈的头儿，在文化单位做了两年的门卫算是熏陶深造了一把！他会经常跑到我画室里来，对我说你这个线条啊再应该这样一下，再应该那样一下，本着不耻下问的精神和对一个艺术爱好者的启蒙精神我都点头称是并每次客气地送他一本画册！给他说道一下画画的事儿。

　　这样的几年后老 C 一天也在门卫门口挂了个牌子收学生要教小朋友搞培训了，画画儿加写字！我觉得他自己觉得自己是个牛×的艺术家愚乐一下也就够了，但是自己字认不全，一切还是自学的初级阶段就要出来卖就有点骗人了，如果还吹牛说自己也是个有专业水准的人就有点误人子弟和不要脸了！还好并不是所有的人眼睛瞎，把自己的孩子送给他让他耽误！

　　但是这件事让我觉得美术教育的入门门槛太低级了，会画个苹果就可以当老师，知道齐白石、毕加索就可以讲美术史。有一个傻×的链接是填鸭式的儿童画模板，题目是《收藏了这个以后教小朋友简笔画就

某年某日 2020
纸本设色
131×32 cm

不用愁了》，里面花朵都是五瓣的，草地都是剑麻，西瓜都是六个籽，太阳公公永远在右上角傻乎乎地笑！我很疑问这都是谁研究总结的呢，这种能把儿童画也弄成符号的人的脸该被抽成五瓣，更可恨的是有一种艺术培训模式是考级，固定模式固定题材让小朋友画，一级画一个苹果，二级画两个苹果！钳工车工一样的晋级模式，艺术教育搞成这样也是奇葩了。培训赚钱一点也不可耻，这种泯灭天性的模式化教育就太丧尽天良了。

　　机构太扯淡，骗钱没底线你不去也就算了，主要是家长也是傻×，为了个虚荣的考级证书就把自己孩子送去学美术？！兴趣最后磨没了，审美也直接玩完！蔡元培说美育救国，考级这个东西是误人又误国。

　　艺术这个玩意儿是少部分人玩的，没事干点别的。先贤说要是没有开水都烫不死的野草一样的精神就别干这个！有这个精神没天分也不要坚持了，自学当个爱好就得了！没必要去考级！更别抬杠不懂装懂忽悠人！

老人老事（二）

一

西水墩上最让我感怀的一个人是原来的门卫唐师傅，另一个是现在做饭的阿姨！

老唐最敬业，一个人干一个物业公司一堆人干的活，这么务实有效率，让我觉得除了老唐以外，大伙都是来搅搅浑水混饭吃的。

现在的食堂阿姨呢是做饭好吃得不得了，除了没有厨师证书，做饭的手艺的确响当当的大厨水平。西水墩上有三好：景色好，阿姨饭菜做得好，我的画画得好！

以前有一个老王，不会做饭，瞎做，而且不卫生。虽然他从市委食堂抄来了菜谱，并声称在马克思主义毛泽东思想指导下炒菜做汤，但仍然没法阻止大伙儿都鄙视他,他会把螺蛳、香肠、茄子、大葱、西红柿、鸡蛋、土豆、辣椒混在一起做太湖螺蛳汤!这是他的首创,我看了一眼后只想把勺子把塞到他的屁眼里!老王是个不会做饭瞎做饭的人,他来做饭比扬州炒饭破纪录还可恨,大伙都有意见,可因为他是领导派来的还是足足忍受了一年,每天在调侃戏谑中吞咽被理论支持难咽的饭菜!大伙都说你快走吧,不会做饭别在这浪费粮食了,多可恨啊!老王指着菜单说,看这是从市委食堂抄来的菜谱……领导都是这么吃的!老王每次都拿领导的饮食品位来做挡箭牌,这比拿领导的智商做挡箭牌还可恨!好在这种日子有头,后来物业改招标他就跟着滚蛋了!不用再吃这么难以下咽的饭我高兴了好几天!

若有此事图 2021
纸本设色
131×32 cm

现在老唐年龄大不在岛上做事了,他们两个人做的工作现在由物业公司二十个人来做,每天在这个无人的岛上晃来晃去!一开始我很吃惊,这不是烧包闲得么。后来想通了!在这个烧包的社会里敬业做得好和懂专业会专业是一件多么稀罕的事啊!

二

食堂的老王除了会把螺蛳、火腿、茄子、肉圆、排骨、小龙虾、鸡蛋、馄饨搞在一起煮难吃的太湖螺蛳汤之外,有时候偷懒会周五把周一的伙食一锅出。量大吃不了,隔夜放在单位的食堂里,也省得周一着忙。

食堂周末两天不上班，单位里平日养的耗子黄鼠狼都饿得饥肠辘辘，用小脑袋挤开食堂的门、掀开排骨汤的盖子找食吃。

夜里出动的大个儿蟑螂，嗖嗖地在澡盆一样的炖菜盆上转圈觅食；盆沿又高又滑，肉汤又辣又腻，一个夜里的时辰，肉汤里淹死一堆的大个儿蟑螂。黑乎乎地混在花椒香叶桂皮里，着实算是给食堂大餐加了一味作料。

按时吃饭的点到了，大家照例兴高采烈去吃老王做的螺蛳汤，和蟑螂汤排骨肉；多少次我曾经善意地提醒大家蟑螂肉汤是脏的，可总有一个声音对我讲，吃国营食堂的饭还不说食堂好。当看不见吃了就得了，或者如同搅屎棍一样地乱搅浑水，说一下食堂历来都是这样的，觉得脏就不要吃一类的说辞。这种扭捏而理直气壮的腔调一度令我无可奈何。站在理解别人的角度考虑一下，对一些人来讲，吃屎和吃米已然分不开，干不干净就非常地不重要了。

多少次，老王弹了弹手里烟灰，把烟蒂搁在灶边，烟头朝外，廉价尼古丁腾起的细丝和炖菜锅里的热气混在一起。老王顺势从屁兜后面抄起勺子把，在肉汤里搅了搅，挑出几个显眼的大蟑螂，把炉火加热，煤气灶的蓝光升起，肉汤滚滚，一个活的蟑螂努力地从热汤里面往外爬出，老王拿起勺子用力地拍了下去。白色的汁液又和红烧的酱汤混在一起。汤锅作响，老王悠悠地拿起快要燃尽的烟头，狠狠地嘬了一口；烟丝刺啦刺啦的，吃饭的时辰到了，一切都是热气腾腾的。

老王是领导老婆小舅子家的亲表弟的大姑父，无有县城就像鸡屎块大的一个地方，不用认识第三个人，没准老王就住在你家楼下、隔壁、隔壁的楼或者隔壁的小区里。每个地方的每个人身边都有这么几个不懂做事情又下三滥乱搞事情的大老王。他就活在你眼皮底下，明眼人都知道现实生活中他是一个废物或者小丑，但是一转身他就成为一个掌勺的角色。他们从领导的菜谱遴选菜品，以显示品位，又在权力的后院，操弄后厨，甘为后庭花。

免费的都是败家的

西水墩的城门楼子早年租给一家茶馆，贴补家用，茶馆卖茶水也卖点心瓜子，门口挑出一个布幌子，写着明晃晃的"茶"字，来喝茶的客人踩着亮得发油光的青砖，抿一口茶水，搓一下午时光的纸牌。或者拎着沉甸甸的现款，来打一夜麻将。茶馆里的牌局，茶水喝多了，几个牌局下来憋不住尿，赌客和茶水客拎着裤裆里面的家伙儿就尿在西水墩的牌楼下面，石狮子底下，角门后面，尿憋得久了膀胱尿门不顶事儿外加又有输赢着急的牌局等着；输的想翻本，赢的想翻倍。一泡尿，滴答着还尿不完，就拎着裤子在墩上跑。以前有撒尿尿到高压线上把小鸡鸡烧黑煳掉的段子，我想这样的奇异事只要经常发生在随地大小便的地方，国人的素质就都提高了一大截，有尿不能好好尿了，都是悲剧。牌局多了，时间久了，西水墩除了泡在运河里，还泡在尿窝子里面，散发着臊味。奈何赌客也是客，茶馆也是贴补家用的好租客，谁也不忍心把财神爷撵跑了。

赌博的都想赢怕输。我把所有的赌客出没的常见之处都用毛笔写了大大的"输"字。刻在青砖上，写在输电线上、变压器上、树上、电线杆上。都写着醒目的"输"字。赌客最见不得这个字。后来这个赌馆就换地方了。一岛不容二馆。何况既是茶馆，又是尿馆，还是赌馆。

后来牌楼又招商引资搞来了一家卖药酒的。鸿茅药酒无锡总代理西水墩总部。那个时候微信公众号不发达，卖药酒的就挨个儿给老年人打电话，在无锡人民大公交电视台做广告，播放着一万个老头老太太挤在西水墩排队买药酒的盛况。城里城外十里八乡的大爷大妈都慕名来西水墩听免费的健康讲座。药酒店的门口横幅写着"为了人民的健康，为了和谐社会的梦"之类标语，举办公益讲座免费健康咨询，主讲人是著名电影演员、德艺双馨老艺术家等上流名人。这样讲，免费这回事，鸿茅药酒是西水墩的鼻祖。负责联系老头老太太的业务员轻车熟路地电话联系筛选物色好的对象，定点上下班也和公务员事业单位一样，在他们的不懈努力和名人之流的招引下，外加"免费"的力量的忽悠下，每天人山人海地来买药酒的老年人成批地来到西水墩。他们都是头脑极度精明而身体略有残疾的人士，在岛上着急打听有神仙药水一样疗效的药酒买卖开在哪个办公室。邻居国营文化馆的牌子下的药酒总部也是好忽悠人。

白石老人等赞图 2020
纸本设色
65.7×22.7 cm

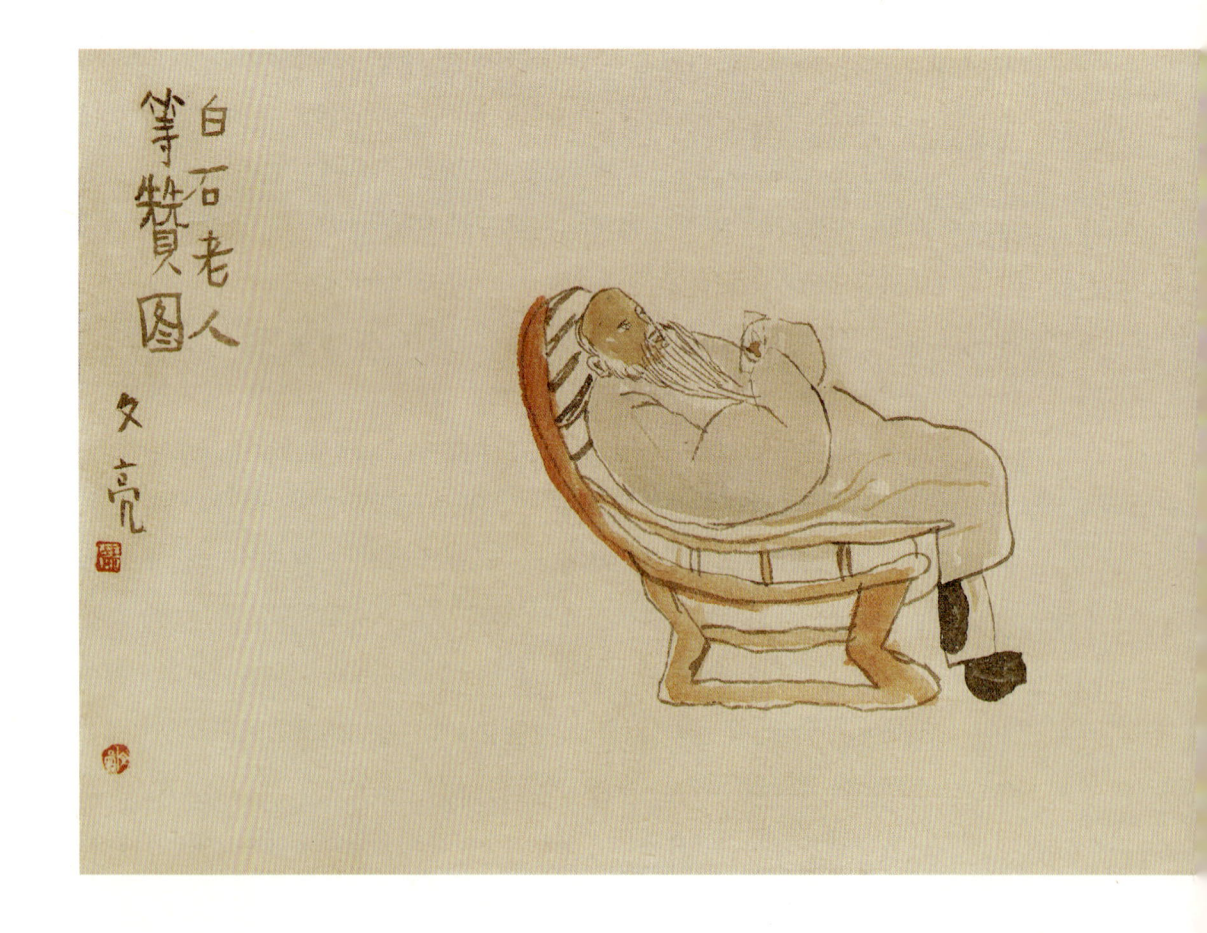

当然也有来退货的，来骂街的。工商局也例行来查查的。总之，比开茶馆的在岛上要热闹得多。西水墩在一段时间里成了卖药酒的江南总代理。

岛上又弥漫着鸿茅的声音和鸿茅的味道。这个世界上只有卖保健品和药酒的讲座是免费的。药酒是要花钱的。

经济学的原理简单概括就是一句话"天上不会掉免费的馅饼"。包括天上、地下、海里，哪儿哪儿都没有免费的午餐。政客们都喜欢站在云端广撒免费的福利大饼，搞得自己像个活佛菩萨一样，其实撒的都是纳税人的血汗钱。信免费就获益的都得喝鸿茅药酒补补脑子。还好骗钱的、骗钱的后来都没了。鸿茅药酒的后遗症还有，只不过是换了总部或者是换了招牌，继续招摇过市派发免费的什么去了。

水蜜桃的爱

我们老家出过文学史和艺术史上传说演绎神话最丰富的东方朔先生，在蟠桃园偷桃吃被贬到人间，白石老人题画《曼倩得来》就是说的这个茬。东方老先生文采一流，给汉武帝的谏书得几个人搬才搬得动，当然竹简也沉点。每次猫在水边钓鱼的时候时不时会想到《答客难》的句子，会冒出"水至清则无鱼，人至察则无徒"的句子来，意思是，水太清了就钓不到鱼，人呢什么事弄得太清楚了就连个朋友也没有了。

县志办出过一本《桃仙子的传说》的书，把《史记·滑稽列传》里面东方朔的事迹夹杂着诸如其他宰相刘罗锅一类的诙谐故事全都安排在东方一个人身上。颜真卿做平原太守时专门写了《东方朔画赞碑》，现在碑石风雨侵蚀，重刻重刻，不是本来面貌，画像更是早就灰飞。但最可惜的是，我们本地不产桃，白白浪费了这么好的代言人了。

我们家还有半本的《世说新语》，没保护好。但是也幸亏没全撕完，就从半部的《世说新语》和《县志·桃仙子的传说》开始算是我的开蒙的课本了。我说的大概是我八九岁的时候的事！

丰刚和笑笑前日来无锡看江南大学的汉族民间服饰博物馆，还特意看了看博物院，他们觉得建筑很宏伟，像个火车站一样大气。我给他说无锡旅游必去的地方一个是西水墩，第二个是寄畅园，其他地方可以先不去。无锡的园林少，没有苏州园林文气雅致，但是有一点比苏州的园林好就是人少、安静、依山建园，立体有野趣，不像拙政园名气太大了，园子里每天像赶庙会下饺子一样，太热闹了。

晚上喝完酒计划在朝阳市场买了一亿个油面筋大丸子放到运河里，漂了整整两公里，第二天都被大妈们捞光了。

第二天酒醒了发现幸亏没干这么危险的事儿，公众参与的艺术活动，万一只有哄抢，几个水性差的，油面筋就有人肉馅儿了！不好收场。无锡特产假大空，假是阿福泥人，空就是油炸空心油面筋了！

最好的呢，还是水蜜桃，咬一口都是汁水，比泥人、排骨、油面筋都好，个头也大，三百年前就算特供了，水土好桃好，最主要的是实心的一泡水还有核。橘生淮南则为橘，生于淮北则为枳，我们山东肥城也产桃，个头也大，脆甜。现在混在一起发物流快递就算没熟透的水蜜桃了！这样看呢这个假是真的假。

无锡地皮上出过好多牛×的大师，最厉害的数一不数二的有三个，一个是顾恺之，一个是倪云林，还有一个就是水蜜桃。好桃糖分足水分足，一吃弄一手水，甜乎乎腻乎乎的，还滋你一脸。嗯！好吧。

西水查卫生

饭点到了，加个菜。美文一段。

夏天到了，西水墩上潜伏的蚊子变得猖狂起来。在岛上拉屎撒尿都变成是一件很需要定力的事儿！脱裤撩裙长臂白臀，凡是露肉的地方都得提防黑花的、长脚的、自带吸管的、带翅膀的空中抽血车。不贡献100ml的血，尿都尿不出来，更别说拉屎了。尤其惨了便秘和闹肚子的主儿，白花花的肉可劲儿地被蚊子咬，只是恨不得自己屁股根上变出一个长毛牛尾巴或者自带螺旋的小风扇来，拼命地扇。奈何此时此刻没有，亲爹娘没给，只好两只手不闲着，拼命甩打，俨然成为一个手舞足蹈的屎者。也有不怕的，最淡定的是烟瘾大的哥们儿了，燃上一颗老烟卷儿，混着屎尿味儿淡定脱掉一层一层的内外裤，迈着四方步凛然蹲下，手里

无用之门

左：猪岛风云 2017
手稿
32×21 cm

右：猪岛风云 2017
手稿
32×21 cm

抖着报纸或者翻看手机微信，闷喝一声，或者沉哼几声，烟味儿混着陈年便秘老屎的味儿，蚊子都被熏到隔壁的坑位。烟抽多了，血里肉里都沁着尼古丁味儿，蚊子都不搭理了。

据说蚊子爱吃 B 型血的人的血。味甜。我觉得和血型没关。墙上蚊子的尸体，就像摆拍的人体摄影，又像神秘的符号文字，满满的一墙，排在一起，解析成文就预示着人类的未来。马三立有个单口的小段《查卫生》和这个意思差不多。说的是绿豆蝇的事儿，和长脚蚊子一样都发生在厕所里。

西水虫灾

那一年，岛上长久以来郁郁葱葱的麦冬草莫名地大面积死亡。整个岛的地皮变得黄乎乎，没来得及死掉的草和被园林绿化破坏队砍掉的其他绿植就像长疮掉了头发的秃头一样。地皮泛着白土，死去的麦冬草又被太阳晒得发红，整个岛就像一个得了牛皮癣或者白癜风的病人一样。

在死去的干草的覆盖之下，整个岛的地皮在暗中蠕动着，数以亿计个白乎乎肉乎乎白身体黑屁股的细足巨齿的大白虫子出没在地皮之下，疯狂地啃食地表绿化的根茎；它们蠕动着在白色墙脚根下，石柱下，墩脚，门牌，匾额上。

地皮随着它们身体蠕动也在加速蠕动，甬路变成了浮桥，地表的青砖变得松动，运河里的水顺着虫子们爬过的虫穴，沁过石缝砖缝，随着波浪在虫穴里咕嘟咕嘟地冒泡。所有的建筑物也随着虫子们身体的扭动在随之晃动。所有的时间里，整个岛上充满了虫子们磨牙的声音。

土蚕，白花花肉乎乎的土蚕。

110

它们的身体被植物根茎的汁水撑得肥肥的，透明的皮包着肉乎乎的白色汁水，也拖着透着内脏的黑色的屁股，充满高蛋白、高胃动值的营养。《银翼杀手2049》里面开场有个情节，养殖基地的老机器人从浑浊的水池捞出的高蛋白养殖物，蠕动在手心，泛着白沫，只有一个道具就看得人胃直跳。这只属于机器人的特供，加餐和做主菜都不合适。

而几亿个土生土长活生生在脚下蠕动的蛴螬土蚕，却不是道具，它们是金龟甲的幼虫，是在秋天微弱的灯光下肆无忌惮地摞在一起交配的大个绿莹莹的甲虫的子孙。灯光下的甲虫是常见的，化作土蚕时倒不易被人识得。

虫灾，是老传统。稷益庙里画的大蝗虫个头比人还大，得几个人合力缚着，一遇蝗灾颗粒无收，人没吃的，都给虫子们吃到了！民脂民膏一茬接着一茬地被肆虐的蝗虫吃掉。

庄稼没了，油炸蚂蚱这个补菜不能养活人，自古以来都是一茬茬的民脂民膏养活了虫子。自种自吃交租子交公粮，养活一代一代的各色虫子。是常识。

后来，园林补种了几回，种一回死一回，又种一回又死一回。几年下来依然斑斑驳驳地留出被虫子啃出来的泛碱潮湿的石墙，不通的庙门，不正的门柱和歪斜的山墙。

西水眼

几天以后这个原来如同私密花园般的墩将在各个角落安装大大小小的摄像头。用以防范在未知的某一天的安全隐患，防火防盗防随地大小便。在这个四面环水的岛上偷东西有难度是一回事，有什么东西可偷是另外一回事。只有偷情最方便。有关秘密恋情的故事在岛上随时随地发生，这是我喜欢岛的原因。

有时候在外面还嘈杂的时候，岛已经静下来，享受安静以及和自然对话的时候，恰如恋人幽会时的心神交融。偷情的轶事在岛上很多，攒在一起说让人感觉有点像原始社会。所有那些有私密故事的地方是岛上寂静所在，也是动物快感和人类美学的集中所在。

从老面粉厂的一角，散点透视般地展开，西水墩就像一个长卷。茂新桥，廊桥和显应桥次第展开。打开来的，重新解构重建的屋宇，戏台和夹杂在古色古香的建筑后面的芭蕉、竹林、香樟树，和沉浸其中的人。有书有画有琴声。美女如云。声色并举。那是我意淫中的一幅西水墩的画，四面环水的岛，围绕着，又牵连着展开。许多次我都会遇到怎么把个个散落的点组合在一起，可以让岛从立体转为平面的难题。

岛就是个公园，虽然我一直把它当做自己的情感寄托，与自然之物交流的好所在。但岛岂不是一样是所有人的情感所在呢。用某个单位的概念来衡量岛，显得如此的小气。因为不具备情感因素同时又显得机械和落伍。我刻了一个方形的石章，写了朱文的岛主之印，还好不是橡胶圆形带五星的，五星大红戳那是妾人们的爱。

岛是水仙的所在。庙没有了，神仙的名字还在，监控之眼应该是二十四小时开着。有幸的话，希望看到她或他的英姿在人眼所不能到的所在，被发现和记录。

盛世青绿图（局部） 2022
纸本设色
33×64 cm

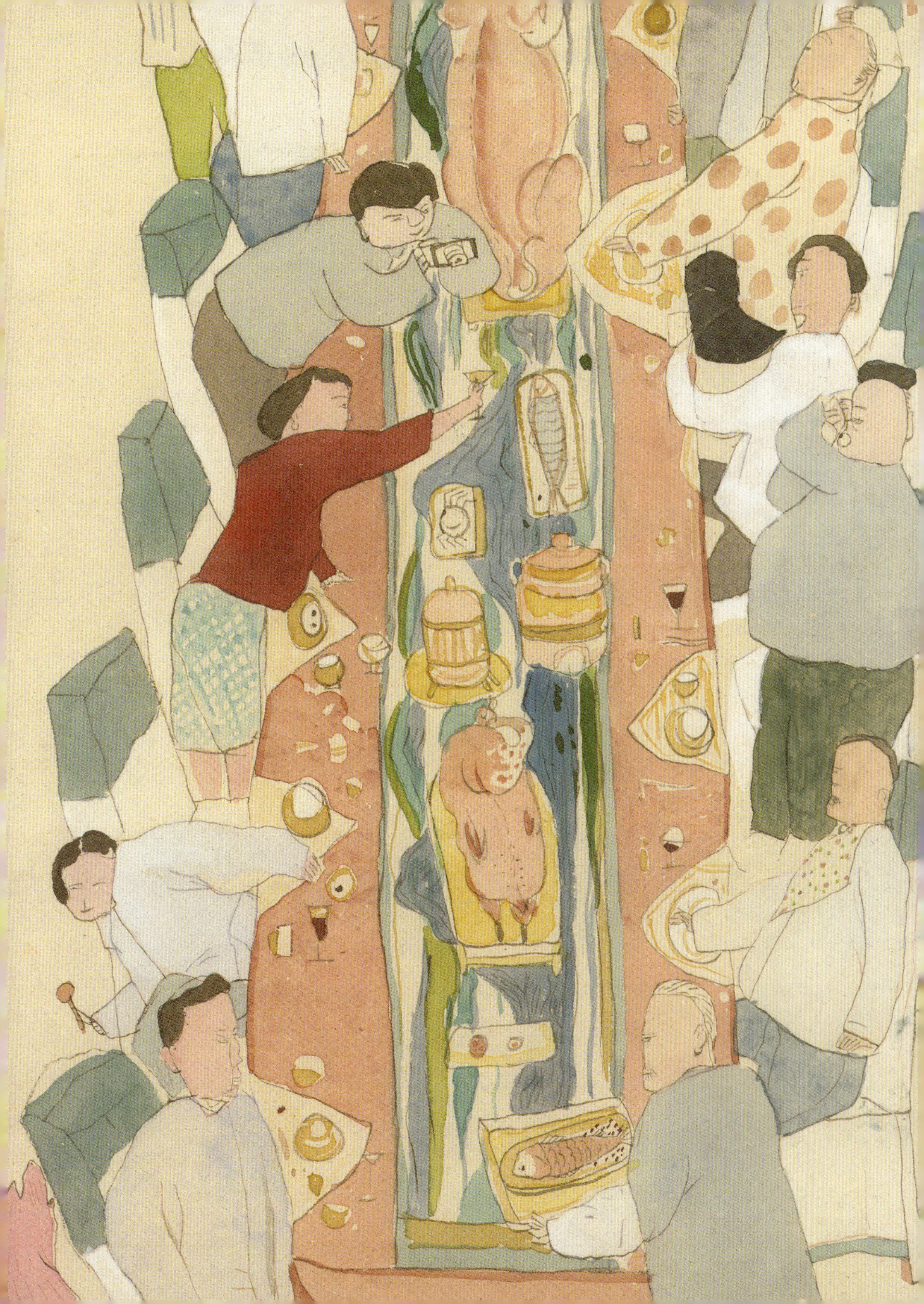

西 情
戏台
比如生
伸
功

大田百禾

豪情西水（局部） 2019
纸本水墨
135×68 cm

横涂竖抹大瓢瓮

大瓜 2021
纸本设色
47×19 cm

碱店的碱

  四季的风掠过华北平原的腹地，掠过徒骇河、马夹河，吹过德惠新河；掠过层层的屋脊、烟囱、柳梢，掠过牛背与鬓角。掠过河坡与大平原一直吹到我们的县城，又不停留地吹到我们碱厂店乡，也吹到我的老家。呼啸着低吟着路过无数个叫碱场和盐场的地方。

  碱场。这是以物产命名的传统，产什么就以什么命名。比如，无锡。既化学又贫瘠。

  我们县里还有个乡因为高大的汉坟墓太多太多，多得数不过来，汉墓群像笼屉里的馒头一样一个挨一个，以致出行都要绕着弯走；活人的聚居区也以坟头分布的舆图为依据，这个乡的名字就叫神头，坟墓里都是神仙和老祖宗，要是按照物产的规矩，该叫坟头乡，因为叫坟头给人的感官不是太好，国营的官方就给改成神头乡了。也是因为陵墓又多又大的原因我们那个县就叫陵县。而不是叫坟县。好多以陵命名的地方都有前缀，南陵啊北陵啊，陵县没有这样的前置修饰词。

  很久以前这里是故平原郡的所在，但是平原游击队和双枪老太婆都不是我们这儿的特产。盐碱地多的地方叫碱店，盐多的地方叫盐场，还有个有趣的村名叫王牙狗，大概是因为村子里面只有公狗牙狗成活率比较高的原因吧！古人取名字比现代人取名字要自然得多。盐碱地不长庄稼，只有泛着白花花粉乎乎的碱末，水也是苦水，涩牙闹肚子齁死人不能喝，浇洒在庄稼上，庄稼也都枯萎凋谢死翘翘。某年某月的人民公社，本着人定胜天的先进理念和增产增收报喜功的精神，集体深翻土地，挖地三尺又挖地三尺，把新土翻在上层，把碱土压在深层，想象着亩产九千斤向《人民日报》看齐，没想到等不到来年，雨季一到，碱土又随着碱水重新泛了出来，青苗都没长起来。好像一切都是白费力气，可是老百姓却总能把自己自留地都改造得好好的，要瓜有瓜要苗有苗，鸡粪狗粪人大粪猪粪都没能有效地节源分流到风风火火的大生产运动上面，觉悟低太自私，有粪有屎都把集体忘却了，大面积的集体土地在苦水碱水的滋润下，依然寸草不生。

每当有人提到集体这个概念时，我都会忆起那片荒芜的土地。

自然产生的盐碱地白花花一大片，像个白斑病一样的肤色，挡不住看得见，落后的生产制度产生的盐碱地却在权力的张目下无形而泛滥。

盐碱地种粮食作物有时候就是白费劲，扣扣杂七杂八打的粮食和种子一样多，改改良种棉花，费力费时多几倍，晒干了交到统一收购的棉花收购站算是经济的补贴。粮食收购和棉花统购统销，每个收购季节来临的时候就是交公粮和收棉花的时候。国营的棉花收购站里面有好几个大水池，都存满了消防灭火准备的水，缺氧的鱼都浮着头在里面游泳，为了卖个好价格，种棉花的就在棉花包里面塞上苹果、橘子贿赂过磅验潮的收购员，领了卖掉棉花的白条，年前排队来兑换大团结，或者用棉籽来兑换棉籽油。扭捏的国营的棉站收购员不耐烦地打发掉一个接一个排队拿着白条换钱的农民，扭捏扮作羞涩这是国营的姿态。国营的棉花收购站的白炽灯彻夜无眠地照耀着堆积成山的棉花，整车整车，解放牌大卡车，满满地运往曾经发达的国营棉纺织厂。多大的产业链条啊，现在纺织厂倒闭变卖，国营的工人们都下岗了，棉花收购站彻夜无眠的路灯变得暗淡，现今和周围一样变成漆黑一片。在点煤油灯和蜡烛熬过童年岁月的我看来，那曾经每夜每晚无眠的微弱灯火，长时间以来一直是一种向往和奢侈。

在每一个黑夜来临的时候，我都会站在空旷的天井里，远望那片被灯光映得发白的地平线。光从那里亮起，也从更远的地方亮起。而光和亮一直都在别处。

大田百禾

1996年的夏天，大旱大热。

华北平原上的植物都被烤得枯萎，沟头壕沿上的野草已经变得枯死枯黄，德惠河里的水不再流淌，裸露出黑褐色的河床。维持下一季生活的庄稼地，变得开裂。黄土被晒得蒸发起来，恍恍惚惚飘在离地一尺的空间里，蒙在低矮的秧苗上。阳光酷晒，下火一般，整个大地变得明晃晃的……

庄稼是下一季的生活来源，人和牲畜的吃食。地里刨食，老天爷不开眼，热死人的节奏，种地的就只能命里去争斗。

打井。挖井。

深到几十米的井眼，清淤几个世纪的老井。每一口井都有它的故事，它们在地底紧紧相连，是平原的另一种延伸，养活这块土地上默默而生的子民。井是生命的延续，汲水灌溉，喂养人畜。有时也是生命的终结，投井身亡和抛尸荒井是每一个孤魂的所在；井眼是这块平原上的气孔，

而所有的灵魂又都在丝丝相连的各个泉眼中游动，使得每个井眼都有神明和鬼魂的投射。井里汲取出来的泉水，丝丝缕缕，带着地底精灵的凉气，浇灌在干裂的土地上，浇灌在期待的土地上。

这土地因为干旱变得无比干渴；水流带着咕噜的水声，填满隙裂浸润干硬的土地。水在骄阳烈日下流淌在阡陌纵横的大地上，如此缓慢，如此缓慢。

烈日晒瘫钟表。每当我想到这样的场景，就知道父辈们为什么有那么强大的精神上的忍耐力。灌溉的耐心显然比屋漏痕的耐心要大得多。我爹就是在这样的土地上耕种，饲养羊猪，也养活了我。每每写到挖井人，我都想到自己的老父亲。

那一年的天气特别地热,特别地干旱。不打井浇地,就得颗粒无收了。这是种庄稼的人心里不能允许出现的事情。其他事情管不了,就是得伺候地。我三十岁之前除了上学的时间,就是个实打实的种地积肥的农民。除了养活自己还得交公粮。

浇灌庄稼的时候,把脚放到新流淌的水里,把脚插在泥土里,把井水淋在裸露的上身,晒伤的脊背和肩膀上。冰凉冰凉的。沉在地底百年的水精灵,带着经年的凉气,带着去年和去年冬天积攒的凉气,冰凉的温度,激得脚和小腿凉得透透的,激得沸腾的血液变得平复。就这样,在骄阳似火的青苗田里,在一望无边的华北平原上,站立着,沐浴着夏天里最热的日光的灼烤,然而又浸泡在冰凉刺骨的泉水里。

这种两重天的境遇我以后再也没有遇见过。即便是今天的天灾般的火热,即便是去年冬天冰雪严寒的冷,可是都没有当年那样的热和那样的冷。泉水漫过整片大田,几个昼夜地慢慢浸润,大田里的青苗变得重新生机勃勃。生命和希望得到延续。

我一直记得我爹说过的一句话:种地的,就是不让这一季的庄稼荒芜,得有收成。过了季,再种什么都晚了!

侗乡写生 2014
纸本油彩
21×35 cm

绑韭

火辣辣的太阳照在虚恍沸腾的土光里,一棵突兀的向日葵杵在田梗边,昂着头,斗大的葵盘里镶满了垢黄的牙齿,密密麻麻。四爷用镰刀把葵头压弯,沿着边抠下一颗紧实的大牙,慢慢地含在嘴里,抿紧嘴唇,咀着葵牙新鲜的味道,葵牙的血渗在他的嘴角,转瞬间,这颗牙长在了四爷的口中；他深深地打了一个哈欠。

牙齿从唇间一直摆布到喉咙深处，舌上，龈上，喉结，肉壁，都长满了垢黄的牙齿。

四爷放了镰头，葵头摇晃着弹了回去，所有的牙又重新长满，又缓缓地朝向火辣辣的日头，酝酿酝酿。他望了望向日葵，又望了望挂在百米外的斗大的日头，阳光普照大地。一棵棵庄稼秧子的脖子里都系着一束布条。四爷给它们做了记号。

四爷给它们系了记号。

四爷又把碎布头一个一个系在土墙坯屋木窗的窗棂上，一个挨着一个，一个摞着一个，多少年来，窗棂被系了个花花绿绿的。也许不是，那时候都是粗布家纺的民族蓝或黑；布绺成绳，绮缡成条，几十年间，把棂间窗口系满塞满，不留一点空间和缝隙，屋里屋外漆黑一团。

在窗棂布绺之间，四爷把他的镰刀头塞到布缝里，镰柄使劲按结实。镰刀被四爷砍得只剩一个黑铁的小刀头，却溜光锃亮。窗台下厚厚的盐碱土里埋着红柳背筐，筐边背把上也结满了布绺绮缡，筐里虚虚地搁着半筐泛黄不绿饥饿的草根。

四爷在里面翻了翻，翻出一根黄绿的菜梗，他扯下一根布条把菜梗死死地绑到镰刀上，按着菜梗在刀刃上摩擦，口腔里的牙吱嘎作响，深深地恐怖这菜会长腿跑了。又高声喊着：都来，都来，包饺子，包饺子啦。

岜沙写生 2014
纸本油彩
23×18 cm

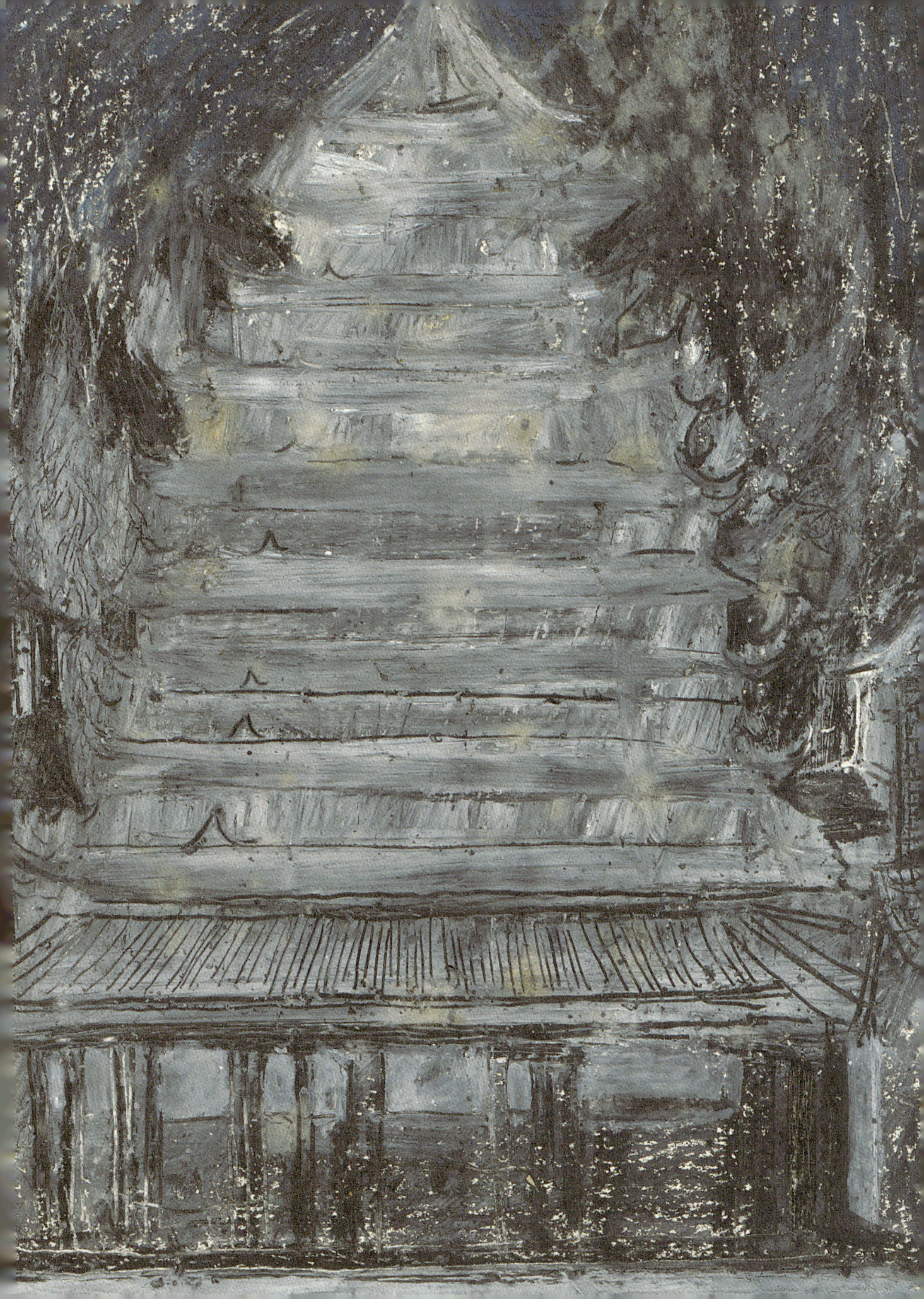

皮子

祖辈，爷爷的爷爷们弟兄几个除了耕地之外，经营着乡间的手工业做个皮货匠。乡间收来一摞摞大小动物的皮子，从累死的老黄牛到误死的黄鼠狼，从病狗到死羊；皮子或尸体。张张皮子都带着一个故事，被收到凌晨三点四点钟的收猪狗鸡鸭的篓子里，收牛羊的大车里，放了血，剔了肉，然后成为滴血的皮子被送到皮匠铺。

院子里满满地都是合围的大陶缸，里面放了盐水防腐，硝石灰煺毛。腐肉烂皮子血水石灰水横流，苍蝇哄哄，血水流到猪圈，猪就在血水里滚泥洗澡，丝毫没有一点点大国工匠的镜头美感，也没有朴素的超度仪式，只是埋头做着粗糙的基础处理。残垣土墙脱落，盐碱成堆，弟兄几个裸着上半身，稀疏的发缕，一遍一遍捣翻泛着恶臭味的腐皮。剃毛，刮肉，剃毛，剔除全尸的狸猫，黄鼬的烂肉。

爷爷有一张狗皮褥子，陪着他度过了他读书和教书的漫长时光，他说一点也不暖和，一点都不暖和。内心觉得这个世界有危险，狗皮褥子的毛就会竖起来，扎得慌。后来经常扎得慌，这让他觉得这个世界到处都很危险……

皮子鞣好晾干，大皮子整皮攒多了赶着骡马大车去南宫辛集的皮货大集出货，换个整装银子；细碎的下脚料切成丝络，农闲了做了手工，编成皮鞭、缰绳、褡裢、鞭梢。打成精致的疙瘩结，拴在三股毛竹拧成的长鞭杆上，甩得霹雳作响，放牛牧马赶驴骡。旧社会，羊毛出在羊身上，皮鞭抽在肉皮上。现今朝，村里的老年人都在家里编藤椅卖钱，一把藤椅十五或十八块的工钱，也许编织的手艺就是村里的文脉吧。

套马驹汉子 2020
纸本设色
68×34 cm

人间动物界

　　动物们的死总不是好死,逃不过人类吃肉喝汤用度挥霍,能不死都是传奇。

　　曾经某年的大雪后,月亮挂在天上,前夜在无垠的雪地觅得野兔脚印后下钢丝套抓兔子。自行车刹车线,萨达姆结,越挣越结实。中招的兔子有死有活。一个第二天遗忘晚收的结套,待到发现时,挣扎了一天

动物世界人最坏 2019
纸本设色
179×48 cm

的兔子把套子周围所有的棉花秸秆、树苗、杂草,都啃得光光了,把结实梆硬的冻土活生生挠出一圈凹地来,周围的草木碎屑混着泥土和血污,像一个战场。钢钉的一端结实嵌在冻土里,打结扭拧的钢丝的另一端,死死扣牢一条凝固了血污的兔子腿。雪地里残留着黑色的血斑,又一点点地消失……兔子挣了命,拖着三条半腿逃跑了。要不就成了一张三条腿的兔子皮。

我没见过猹,只见过黄鼬、狸猫、野兔子,但我觉得月夜里所有出没的动物都是猹。森森凉凉地吃瓜,慌慌张张地逃命。

笼嘴

　　国营牲口市场卖缰绳的主儿，挨着切驴蹄子的、劁猪的、畜牧站人工授精的。铺排得满满一地，皮具之外，就是铸铁的牛鼻具、驴马的嚼子、马掌、驴掌。牛鼻子扎眼和穿耳钉一样，都得把肉戳穿了，流血流脓大半年，修炼驯化成一个铁血硬鼻的好牛儿。

　　驯化，被抓住的都是三座大山一样的痛点。

　　嚼子，鼻具，笼嘴。

　　所有的铁具皮具的旁边，扣着一摞摞半圆的丝编铁网，像个大眼的笊篱、镂空的蹴鞠、电锯的头套。

　　舌头在笼嘴里舔啊舔，伸啊伸，嘴张啊张，口水哈喇子流了一地……

诗经大意 2021
纸本设色
137×22 cm

木甲

青草悠悠田埂长,儿时放牛郎,长得没牛腿高,拾得起牛缰绳。摸牛耳朵打牛蝇拍牛屁股摸牛奶,土土泥泥花花草草,放半天牛,和牛一起玩半天。有一天,就被牛踩了脚。

我对它说,你踩着我脚了,对它喊,踩我脚了……踩着我的脚了……不动。你抬,抬一下……抬……

有个成语叫对牛弹琴。那时候的脚丫根本硌不到它,根本无感。和吃我爹的皮鞭子比较,我根本弄不疼这个巨物。

它的腿就像个渐变色的肉柱子一样,白、肉、粉。

牛吃饱了,慢慢悠悠地站着倒嚼反刍,嘴角鼻翼细细点点的肉粒,

沁出丝丝的汗意。它竟然没有角，爹娘喊它木甲牛。在夏天的半下午时光，木甲用它那淡定的眼神看着我，用脚死死摁着我的脚。

连着塑料凉鞋，整个脚都被它杵到松软的泥地里，扎钉一般，肉棕色的蹄瓣，鞋变形了，脚也变形了，脚腕扭着。不生疼，却觉得脚凝固了，可能是忘了开始的痛。无风的田野，绿油油的草毯，飞机在万里晴空拉着几条淡淡的白线，牛虻哼哼，木甲动也不动，它要把四五个牛百叶挨个活动一遍来。鼻涕眼泪大汗淋漓把小背心湿得透透的，现在没挂拐杖，是它放过我了，在没招的时候，木甲摇起尾巴，潇洒地、准确地抽晕两个绿眼珠勤勤恳恳的吸血牛虻，不动声色地运出一泡热气腾腾的牛米田共……又尿了半吨泛着泡沫的黄水，慢慢地晃开半个身躯，拔出蹄子，带着点皮搋子气流的感觉。它决定饶了我，去觅点新草。两只脚一个蹄子窝，牛尿缓缓地淌到蹄子印里，灌出一个M形。

后来还摸过马屁股，被马尥蹶子踹在腚上，踹出好几米远，瞬间失忆，腚上的留言是一个大大的D字，大牲口的脚力。

一个M，一个D。真疼。

初中还是好的

读初中的时候，班主任老师教我们合唱《黄河大合唱》，就是特霸气侧漏的那一段。这首歌气势恢宏，属于让唱歌的人精神抖擞汗毛竖立的那种。在每天的第一节正课之前，全学校的班级都要集体扯着嗓子吼一遍歌曲再上课；不晓得这种风气是不是仅仅是我们碱厂店初级中学的专利；也许县城里面的孩子是不唱的。反正我们扯着嗓子一直喊到会考结束。

伊甸园（局部） 2021
纸本设色
132×33 cm

我们一班是唱《黄河大合唱》的，别的班级只唱唱《社会主义好》《学习雷锋好榜样》。或者是「花的心藏在蕊中」这种靡靡之音。你们想想，一群半大的孩子合唱「花的心藏在蕊中」的场景，直接刺激荷尔蒙，根本无法好好上课。我们的班主任特别钟爱《黄河大合唱》，有时候我们在唱，他就冲上讲台，把手一挥，一身正气、豪气干云天激情澎湃地充当一回指挥家，那种热烈的感觉就仿佛黄河的水哗啦啦地就流到我们班的讲台上一样，洋溢着黄色的激情。声震九霄，又仿佛身在维也纳金宫一样。总之这首歌带给我们不一样的激情。虽然初中学的知识基本上全都还给老师们了，唯一没忘的就是这不是音乐老师的班主任教的《黄河大合唱》。

年　月　日　　　　　　　　　星期

星期

"风在吼，马在叫，黄河在咆哮，黄河在咆哮……"特么太有激情了，太澎湃了。然而，所有的激情在日复一日机械地演唱后也变得无趣。所有的崇高都变得疲惫不堪。"河西山岗万丈高，河东河北高粱熟了"每到如此都唱得特辛苦。一点也没有高粱的浪漫，课前合唱的本意是驱困，结果后来大家越唱越困。等到初二升初三的时候，这首歌就成了保留曲目，随着荷尔蒙的不断旺盛，大伙儿似乎更喜欢"花的心藏在蕊中"这首歌。

初中一开始是有同桌的，后来偶尔也有。也有一大段时间自己搬着课桌，坐在教室的最前面的角落，斜三十度角看黑板。所以对斜三十度角的事物特敏感，不正，看着特难受。老师为我好，也对其他同学负责，怕我影响别人上课。我那块地儿，老师说是台湾，同学们待的地儿是大陆。所以从小开始我就对宝岛台湾有感情。还有初三之前有段时间天天写检讨，检讨自己怎么怎么不遵守纪律，把老师画成猪，去别的班门口打报告，钻到教室里捉鸟，把隔壁教室的墙凿了个洞观看隔壁班的女同学……每天都深挖自己，深刻检讨自己在这个光荣的班集体里做的不光荣的事迹。写多了，就不光是检讨自己了，还要向好学生看齐，从向我们学校的学霸常涛同学学习一直写到学习孔繁森、李素丽和时传祥。

初三就不写，基本上被放弃了。初一初二给个"岛主"做，天天写检讨，都是老师良苦用心啊。当然，叫我擦黑板也特方便。

教工厕所挨着老师们的宿舍，也挨着垃圾池。每次我和班级里学习成绩倒着数的粗壮大汉们一起学习时传祥，清理垃圾池，从粪坑里掏出老师们拉的乱七八糟的大粪，都想起一切我们要学习的榜样。

榜样的力量是无的也是穷的，总之是无穷的。他们时刻激励着我们要好好学习和好好劳动。长大之后继续好好劳动，报效祖国。

后来啊上大学，上课不去在宿舍玩牌，被教导员查，写检讨。洋洋洒洒一万字，稿纸一摞装订好，隔天颤巍巍交给辅导员，辅导员很开心，

手稿 木马故事 2020
纸本速写
21×16 cm

一个劲儿夸我，有素质，有思想，求进步，求向上，刚入学就这么积极地要求上进，政治觉悟如此高，申请书写得这么深挖自己内心深处，这么到位。老师，老师，李老师，我我，我写的是检讨。

哦，哦，这个哦。你，我……你写得真好。

这都是读初中的好处，劳动啦，检讨啦，所以能读尽量去读。

最后一投

时光倒流，1998年6月14日，在犹他主场的NBA总决赛，芝加哥公牛与犹他爵士总决赛的第六场，在距离第四节结束还剩17秒，乔丹抢断卡尔·马龙后运球到前场，在前场17尺处附近晃倒了拜伦·拉塞尔，稳稳将球投进，以87∶86险胜爵士，夺得了生涯第六冠。闪光灯咔咔咔，时间停住，1998年，我在读高中。

二中的铁门是紧锁着的，上课的时间就像一所监狱或者看守所一样死气沉沉。出了学校的大门往左不远有家理发店，店面叫慢剪时光，老板除了手艺好，还是一名资深的NBA球迷，除了杂七杂八的理发工具，店的角落里放着一台二手的索尼彩电，平时放一点蹩脚的国产电视剧给顾客消磨时间，配合一下慢剪的享受。电视的有线信号是搭在隔壁的隔壁的不知名的邻居的有线线路上的，现在是蹭 Wi-Fi，搁九十年代是蹭有线。电视信号随风飘动，有一搭没一搭的，嗞嗞啦啦带着跳动的白道。很是配合慢剪的气氛。

雷吉三分投得好，我还记得他有一句名言：你不会在乎身价上百亿的老板们每天赚几千万，却在乎身边的老伙计比你多拿了几分钱硬币。他嘴皮子好，所以退役后也做了Espn的解说员，现在依然得常见他的风采；老马龙打得稳，是个千年老二，生涯遇到乔丹是他的不幸也是大幸，因为对手是伟大的，只是冠军只有一个。第六场比赛爵士早早领先，理发店的电视信号和场上公牛队形势一样紧张，理发店的老板不断地跑出去用长杆子拍打有线的杆子，唯恐错过每一个紧张的情节，关键的一球。场面特蒙太奇，要是拍成电影，我就把他设计成高举着信号站在屋顶上，喊信号。

后来，就是开头的样子，乔老爷封神的时刻。如果有什么见证的话，在这一年之前，我只在有限的记忆里见证了1997，至于那一年的事情，却是过于早。乔丹最后一投也算是见证吧！

至少，全中国当年的高中生爬墙出来看NBA总决赛最后一场的少年估计也没有太多。费这么大力气，看了不白看只是因为记得。

还有罗德曼，还有樱木花道。

常规赛一开始，捉着自己喜欢的球队看，多年刺，妖刀粉，看着吉诺比利一步一步变秃的。一边看一边画画，一场球下来画一张画，节奏也不一样，沮丧开心都画在纸上。是看球的副产品。

某年某月某日某局机关的篮球比赛，定点投篮，所有的投篮位置一个也没丢，拿了一个非对抗的总冠军；投篮稳，拿毛笔也稳，球理和画理都是通的。

阎连科说他早上起来写会儿文章，九点钟开始看球，下午再写一会儿，倍儿规律，NBA打半年，凑着一个赛季，一本书也写完了。这也算是NBA的副产品。如果有NBA看，我也不翻出去看别的，这是NBA的抵充作用，美国人的一个球和日本人的两个球基本解决国人的两种运动生活。

NBA三十年，有的球没白看，有的比赛没白打，假如某一天NBA终止了中国，也没有什么遗憾。只不过有的人看了也白看，毕竟球赛不能治病救人，绝症患者无所谓抵制什么，也无所谓什么抵制。

路边店

　　1998年我坐着中巴车去省城考前班学画画，那是我第一次离开县城到更远的地方去求学，和很多美术学子一样憧憬着诸城考圣王××的学院大梦。车开一路，大巴司机总会讲一些教科书上没有的故事，生动有趣来得直接，也刺激荷尔蒙分泌。据说，的士司机都是半个社会学教授、政论主持人，其实大巴司机也不差。我的社会学启蒙就是从那时候开始的，大巴司机一席话，完全颠覆了之前多年义务教育的宝贵成果。颠簸的路途，窗外国道的两边是琳琅满目的路边店，除了加水修车补胎打气以外，都是卖人肉的饭店，店门口矗立着袒胸露乳浓妆艳抹的姑娘，或者是大婶大妈。门头上都写着同样的内容，门揽八方财，喜迎四方客；又把菜单写得红红的大大的涂抹在白墙和玻璃上，而且绝对不是印刷字，都是地方名家里手的字迹，书法路数也不辜负高手在民间的俗语。我会把打气补胎，看成打胎。算是配套产业。这样的风景现在早没有了，但彼时却是亮丽。

　　高速路还不发达的时候，国道担负着重要的物流任务，而且还没那么多合法的收费站，卡车司机呼啸着在国道上奔驰，不加遮护的灰尘厚厚地落在路边店的招牌、窗户、餐桌和食具上；落在嗡嗡飞舞的苍蝇的翅膀上，也落在路边招摇的姑娘的大腿和红唇上。车辆穿梭，总少不了事故。有一次，我看见一个大卡车司机呼啸而过，等到我赶路不远又看见他把车停在路边撒野尿。叉开双腿身体发抖，司机抖完最后一

手稿 2006
纸本墨笔
17×35 cm

滴尿液，狠狠地抽完一颗烟卷，对着路边店的姑娘打着口哨，重新出发。卡车再一次在我身边呼啸而过，却又戛然急停在几百米远的路口。这是我人生中见到的第一起最真实的车祸，一个女人的头颅被撞得变形，血和脑浆混在一起，稠的褐色的血和白色的脑浆，洒在黑灰的沥青路上，身躯被撞得很远。刹车的痕迹又黑又重。我经常想起这起车祸，那个大货车司机要是不中途撒野尿，也许就躲避开那个时间那个时空里的一起事故。

蝴蝶效应该就从滴落的最后一滴尿液开始发生了。

我清楚地记得那一年国道两边高耸的白杨树，炽热的天空下在柏油路上留下的光斑，一个生命的逝去和撕心裂肺的哭喊声。一个地域人的

左：别出幺鹅子 2020
纸本设色
45×33 cm

右：西水墩上的来客 2019
纸本设色
45×33 cm

面貌模样因为气候的、水土的和长期历史的血缘关系，这些人的面貌总有一些相似之处。在千万人中识别出乡音，和那些难以言说的具有地貌特征的人的脸庞，不是特异功能。丹纳说艺术的特点归结于气候和历史，确是因为这样的水土养活了这些独具特色的人。就像阎连科写他出生的村庄，刘震云讲述他奶奶的故事，张维迎想到老家的杏树。故乡故土故人都是如此地无可替代。

儿童节的歌

儿童节汇演那一天，校长、书记和教导主任还有副校长和副教导主任都坐在主席台上，坐在主席台上的还有一切老师界里的领导们。咦，他们的脖子上也戴上了红领巾？一时间，我也惶惶地觉得他们也和我一样是个儿童了，尽管我们的脸上都抹着腮红，嘴唇都涂得红红的。

每次过六一，我们都会一起合唱接班人之歌。每个班都要唱。这是我们学校过儿童节的传统节目，汇歌汇演，声音嘹亮。当然现在好了，学校会放假，孩子的才艺表演也多了，我们那时候，几乎全都是接班人一类的歌。还会唱《让我们荡起双桨》，歌词优美，旋律悠扬，然后随着歌词暗暗自问是谁给我们安排下幸福的生活；考试要是考这种问题，我一定得满分。还有一首坐在高高的谷堆旁听妈妈讲那过去的事情。可我们家是没有谷堆的，只有麦秸垛。每次过六一儿童节的时候，就是收麦子的时候，我爸和我妈累得呼呼的，把麦秸秆堆得高高大大的留待冬天喂牛喂猪，每天都累得四仰八叉的倒头就睡，从来没在谷堆麦堆旁讲什么过去的事情。每次过六一唱这首歌的时候我都觉得我妈妈一点都不浪漫，别人的妈妈肯定都有过无数次这样故事了。前前后后地过节总要放松两天，小时候想要是每天都是儿童节多好啊，除了玩就是表演节目还有校长老师们会在粗大的脖子里围上红领巾，多逗多哏多搞笑啊。有个胖教导主任，实在是营养好，小朋友的红领巾都在脖子上系不过一圈来，勒得大圆脸通红的，坐在台上一直薅领子。

六一来了，夏天就来了。六一的时间总和收麦子的时间衔接在一起。除了暑假之外，村里的孩子还有麦假，因为老师们也都要回家割麦子了，顺便拉上几个力气大膀子有力气的同学一起去帮老师家收麦子。在村里

冬天里的一把火 2019
纸本水墨
139×69 cm

上学，除了成绩好家境好的和老师的关系不错，成绩不好又有力气干活的同学老师也很喜欢，封个劳动委员之类二道杠小组长什么的。总之物尽其用吧！我也给老师家里收过麦子，一望无际的麦田，累得腰直不起来，我喊着腰疼，老师说，小孩哪里有腰，要到八十岁才有腰。这都是哪跟哪啊。

刘震云说他的奶奶是关中第一镰，主要是割麦子的时候不直腰，直腰的工夫，后面就追上了，说的是朴实道理。可我还是老直腰，总落在割麦子的后面。我除了收过老师家里的麦子还收过老师丈母娘家里的麦子，老师要是自己干，得多累啊。总之就是把女婿该干的事情帮他都做了。割麦子轧场，扬麦子晒麦子，装袋入库，一直到交公粮总要忙活十多天。

待到交公粮那一天来了，大家都找最干净的最饱满的粮食，晒好装袋，码好，认认真真地囤在自己的粮仓里了；把最后带着麦壳碎石子，没扬净的麦子装到麻袋里，在积极踊跃交公粮的呐喊声里，混进交公粮的队伍里，把一片真心对国家的情感交到粮站。

我是那种没多大力气但是干农活也蛮认真的人，虽然割麦子老是直腰但也在家干农活一直到三十岁，伴随着六一儿童节收了至少二十多年的麦子。我听过的故事里有以前的老爷爷的老爷爷轧场收麦子，用十几头骡子拉着碌碡在杜李木做的龙骨木板麦场上轧麦子，龙骨上都带着铃铛，骡子们跑起来，十里八乡都听得见。那个时候还没有儿童节，孩子们也不表演节目，也没有让我们荡起双桨。

菥荻山的菥荻人

12月的第一天，睁开眼就是查济的红太阳了。风尘仆仆地坐了半天车到的时候就是昨天下午了。和所有见到查济的感触、感慨一样。先是痛快了痛快相机快门。然后吃喝过后洗澡便开始恶补昨天的失眠。缝缝补补的古民居混杂着水泥建构的新房子和善于投资的各路画家新造的工作室，混搭但基本协调。人也纯朴。待得久了会经常发现几个傻乎乎、憨憨的人，使劲比划了一大通，找你要烟抽。或抢你的画笔。要不就是呆呆地看着你。住宿的地方的后面的山，丰富得要命。各种符号、形式、颜色，各种各样的树木、稻田、黑白相间的房子、土房子、墓地、道桥、流水、油菜田。看完了村里的建筑后就在山脚下蹲了四天，画了四天。现在回想那个地方，依然清晰。

初冬的太阳还是火辣辣的，早晨虽然冷得刺骨。最合适的是搬个藤椅坐在查济的老街上，无聊而惬意。聊天之余做的事情就是远远地盯着一个人慢悠悠地走过来，然后再转过头目送他或她走到老街的另一头。初来的两三天，还有南师大的学生写生，那些新新人类疯狂也青春。亦如当年的我。阿毛搭讪的激情与勇气不减，只是技术见拙。头夸张地伸出厚厚的羽绒服，雪白而长长的脖子暴露在阳光下，完全忘了冬天的温度。灰瓦白墙在日落后一样混成一片，黑。没有路灯的感觉就像社会主义的初级阶段，在有限的灯光里得摸着石头走路。林立在各个古董铺子门口的大号小号的，不同款式不同年代的石狮子、石鼓，天天被人观光，反过来也天天观光世人，总之看石头的人比人看的石头多。逛古董店的乐趣是可以听到很多的见闻。八卦轶事传奇。店主长庚的家就在菥荻山的上菥荻村。还有个下菥荻村是我们明天的目的地。上菥荻在无锡话听起来就像是上西天。为了不让这个终极目标提前实现，我们的车子在蜿蜒的山路上开得很慢。大雾、阴雨中的黄山余脉也比晴天里显得更加幽深，满山乱晃的浓密竹林。山顶的松树让我想到中国画论里对松树姿态描写词语。可我只是记得有这回事，词早忘了。也就是说很多大师、文人都说过的黄山松树的好话都可以在此集中描述。可是用合适的表现手段画出来还是要动脑筋的，毕竟和以前看到的北方的山不一样。

在北方，去晋冀。晋豫交界太行山，常常会遇到这样的情况。交完了河南或河北的景观参观费，费力爬到山顶，豁然开朗的同时一个横幅耀武扬威地挂在眼前："山西人民热烈欢迎你"，然后又是一茬过路费的要你掏腰包。这是合法的，和合法的借路收钱的形式一样。来查济的高速上安徽境内的高速收费工作人员都是受过培训似的微笑。这样的微笑让我想起了奥运、亚运、世博那些保持非自然状态的青花瓷小姐们。表情的后面是水一样的大脑，纯洁而纯净。想想我们刚到×县境内的第一天，车子路过一个叫×坑的村子，就被可爱的人民交警罚了五百的超速。说是超速百分之六十。这位肥头大耳的同志是过高想象了×县的基础设施建设水平了。几番交涉后只得交了五张新的百元大钞的罚款。

去薛荻山的路刚修了一个多月。我们是有数的几个开车上来的人吧，所以也没有如上的情况发生。路上遇见了一个不大的水库，一个不高的瀑布，一辆不能开快的救护车。但开过去又及时开过来，车身印着"救死扶伤"四个大字。这个词小时候在我们镇上的小医院门口的墙壁上就有。一面墙是这个词，另一面是"为人民服务"，现在已经没有了。每个医院都有自己的院训，像每个学校都有自己的校训一样。

其实我想写的一直是薛荻山的薛荻人。这两个字用任何输入法都很难打。薛荻村分上薛荻和下薛荻，车开到尽头就是上薛荻。大雾朦胧中昔日陈旧的徽派建筑里赫然显露着两座西式的别墅样式的农家院，这样的描述很矛盾。就像这样的房子的不搭调一样。尽管这种不搭调已经早就让你习惯。安排中午吃饭的地方，和吃的东西，一群在水田里奔跑的母鸡中的一只。主人说不好抓啊，白天，鸡要跑。我脑海掠的场景是日

山河大地，草木含情 2021
纸本水墨
28×23 cm

山河大地
縱平年華盦書畫翫覺

本鬼子进村后在水田里抓鸡，泥水飞溅。水牛狂奔，一地鸡毛。在我脑袋短路走神的时候我们的大部队已经走老远了。满是牛粪的土路，深翻的水田。武士头盔般的稻草堆和浓密的荻草。荻就是葓荻的荻。

葓荻不是西递，深山里的土房子和西递的古建筑没法比的。隐约看到老祠堂老房子的痕迹只剩柱础和品质优良的浆糊保护下的"文革"标语。和西递更主要的不同是，镜头里出现的当地人是不会问你要拍照费的。他们似乎更好奇于我们的到来更愿意出现在镜头里。两个矮矮的呆呆的近似妯娌的妇人。发白的眼睛盯着镜头，她们斜倚在石墙木门的阴影里。细高的徽派门楼令她们的身体更加地矮小，远没有西递宏村来得和谐。这不和谐的一幕是葓荻留给我最深的印象。

巴肯落日

干巴巴地等落日，南太平洋的日头裹挟着热浪在西天的云隙中踟躇着。

没有半点移动的感觉，巴肯山上的人头早挤得水泄不通。日出日落都是自然的规律，可又在此时寻找似乎不同于寻常的心理感受和有别于普通日子里日落西山的感觉。

把无感的时刻弄成有感的时分就是祸祸时光的好借口吧！要不似乎对不起远来的跋涉和昂贵的汗水。

巴肯山的落日是太阳在地球每一个落点不同落日中的一个落日。神庙的废墟和黑灰色的石塔下簇拥着不怕热的男女。平台变成斗兽场的看台，等待着日落时分水天交汇，重力与明光的互搏。湖是洞里萨湖，昏黄的水和饥瘦的越南裔柬民。湖面的两段早变成一线，太阳与地平线变成越来越尖的锐角，白日里昏暗的湖面瞬间变得耀眼明亮，起伏的树影开始变得深重。巴肯山平台上的人们期待着明光在天际的闪灭,如同人生必须经过的一场重要的仪式;尽管这种事情每天都在发生,可又如同今天经历一次大餐。

所有的风,云,山川,天光人影都在营造着非同于昨天或者明朝的一场历史性,超越所有经验场域的风云际会。

每天都有免费的日落与日出,然而这次不一样,是因为付费的缘故吧。这是文青的套路,只有这样的日出才在刷朋友圈的事务中具有里程碑一样的历史意义。

再红的日头,再牛×热烘烘的太阳也得落山。

这一刻来临之际,巴肯山下所有的鸟声、猿啼、中国人的喧嚣、其他人的细语都被湮没在日落的阴影里。落日终于跌落在柬埔寨在洞里萨湖湖边的天际。三塔寺的城堡的阴影,平台上行色匆匆的人们,曾经在殖民地与红色政权作用下的柬国,又一次慢慢被覆盖在黑红色的天幕之中。

拉肚问医

肠胃敏感拉肚子去某医院看病。

满屋挂满了锦旗和牌匾,写满了感谢感动人的字,一看就是救了不少人的样子;医生很慈祥,头发都白了,架着一副薄片眼镜,像个多年行医的老医生,穿着白大褂儿;旁边坐着个学生模样的女助理,长得懒洋洋的,一副没学好末位淘汰的架势,在翻手机。老医生前面没生意也正在养下午神,两个人都在无聊等时间,见我进来然后正襟危坐开始问诊。

老医生把挂号单攥在一个竖针上,套路和卖小笼包的排号单一样熟练，又颤巍巍地码了码病历本，慢慢开始了对我的精确把脉问诊。

　　嗯嗯，你是哪个单位的啊？文化馆的啊，不错不错，来来，左手拿来，号号脉；第一回来啊，舌头伸出来，再伸出来一点；右手拿来，嗯嗯有点阴虚，舌头再伸出来一点，嗯嗯，舌苔发黄。嗯嗯，肠胃不舒服啊，堵么，嗯嗯，闷么，舌头再伸出来一点。大便正常么，一天几回。小便夜里不多吧，怕冷么，怕热么。嗯嗯你看他不怕冷，还怕热……嗯嗯嗯怕冷啊，哦，没暖气。少在外面吃啊，不卫生，要吃也在五星酒店吃，炸油条是黄的，老油条都是黑的，明白么，明白么，都是不好的油，明白么，别在外面吃，明白么；来无锡几年了啊，哦二十九来的啊，你这是阴虚，需要补脾，明白么。我给你开一个膏方，保证治好你的拉肚子，不拉肚子就好了，就有力气了，明白了么，明白了么，这个药很好的，专治你的病，知道了吧，知道了吧。他要不说我还不开这个药，这个药就是治他这个症状的，明白了吧明白了吧，你拿了这个药到柜台再拎一份礼物。明白么，明白么。有一份礼物。这个药很好，煎好通知你，健脾开胃养肾的，明白么，明白么。这都是好药，明白么，补的，明白了么，明白了么，有礼品，大补的，都是好药。明白么。出门，出门，挂号的地方交钱。明白了么，明白了么……

　　多少钱您这个膏方。嗯嗯，按最低价四千五百九十八元。买一送一，服务台领一桶健康油，吃了保你腿脚有力不拉肚子睡眠好。

　　谢谢医生，谢谢医生。明白明白。我明白。我觉得我还是挺喜欢拉肚子的，还能蹲马步，练腹肌。而且万一补好了以后拉不出屎来，我会不习惯的……容我回家再拉一晚考虑考虑。

　　考虑明白了再来啊，明天来还找我啊，记住我了吧。

　　记住了，记住了。您是那位老问"明白了么，明白了么"的老医生。

山阴旧事图 2020
纸本水墨
125×30 cm×4

山陰舊事圖

昔聞湘綺先生論詩謂才之大小與詩種類之關繫至大王漁洋初對馮鈍吟行人繫纜月初墮門外對鳳綢白馬三句恰恰合身於此呼頭目五遂合渝洋不精山水以萬才不者不能攣大蘇才大老末嘗不工至其山水題神子美元裁之均為大才其人物詩亦有獨到處自此从存後之秘乎所敘皆亦如詩人有化於人各之所餘吃他人私不能脫化故為小氣鴻釣其秘何即詠物詠物之時王難得花鳥也王可詠物詩人詠王者止可云物可以訣語凡人人多以此人嘗其中有物意遠精當其寶寶無可者偶合其情情物詠人花彼情格則遠借情思人詩俊去題大題詩不有物猶夏手大指抓招詞當其人美者知詠物詩而人之妙人有解鑠之法與語詩之少有欲之詩無能物之其路寓之詠者謂物此人意隱為何言論即之者之也永未實不能偶申借未詩心未刻無醉之法有從毛杜亡絕絕或破而詠物何必此未何必堅訣物而人而此題甲不以亦奇者瑞加考克更可以關心思而增嘆唔

吾遊高峰塔墓臺從野發火
雲秋未哀及此物旦涼雪雨
岩合暗日早不香尋我間
来人久使雪永妙相見
空足前路高且長古枝驚
靓蛇怪石牛年折聞聲
磴吾栽關平單稍朝阿空無
雲路泥答怪住見呂但道一老
次梨床欲路不僕有路更
衍便瘖即留匱生令崩天手
謝冰飤桃濱園

壬午冬 尧

行走的人

二十年来上学上班探亲访友交流互访，多是火车上车来车往，钞票却往往无来。大把大把人民币交给国营的铁路公司，绿皮的红皮的动车的高铁的。它们都是一家的。

火车提供了方便，我购买方便。

和所有靠山吃山靠水吃水的生意一样，铁路养活了好大一批人。绿皮火车上永远有逗×的售货员和扯着脖子瞎吼的卖盒饭扒鸡的，他们和扯着嗓子谈生意的业务员一起交相辉映，高铁服务员叫高姐就像空姐叫空姐一样的高级。他们像这个世界炸过最多次的油条一样油滑，应付着这个世界最多最枯燥的问题。卖票，检票，查票，倒买倒卖，在最集中的空间和时间里行施零件大小令箭一样的小命令。你很难想象一个青春的姑娘如何在售票口熬成大妈，长腿的高铁美女如何熬成肥臀的列车长。

每一家百年老店的背后都有几个死苍蝇、死蟑螂还有死老鼠的故事，铁路就是百年的老店。

先讲个扒鸡的段子。"扒鸡驰名中外，东莞誉满九州。"火车过德州的时候总要傻×情结地买一只，勾起你初恋般的第一次旅行。这是个绿皮火车时的事了，车过德州，满站台的德州大妈用力地吆喝"扒鸡咧，扒鸡"。口水流到脖子的时候从车窗递进来一只扒鸡，交钱，火车开动，把口水深深地咽一口，着急地打开，想象里面的美味，多令人期待的场景啊，撕开真空包装袋，然后一只带着浓汤的胶底皮鞋冲出来！哪里是扒鸡，是一只皮鞋。

上次德州的马教授看了这个段子，为了给扒鸡正名快递了一车皮的扒鸡来。让我很感怀。

左：战斗岁月 2019　右：放飞的时光 2020
纸本设色　　　　　纸本设色
68×34 cm　　　　　46.5×34.5 cm

不是每一个段子手都是一个好书法家。李宗盛说段子攒多了是因为想写成歌，以后淡淡地唱着，唱文章第一画第二书法第三的奏鸣曲。

德州站是个大站，过了德州就是天津，是京沪石德两条大动脉的大交汇处，火车站广场上立着天衢的牌坊，整个京津冀鲁流动最多的人口，一出火车站出站口就得上得缴费五毛的公共厕所，湿漉漉臊乎乎的尿液混着泥土开裂的厕所是整个德州站唯一的释放地。纸巾一块，小便五毛，大便一块，看门的是个大爷，捂着鼻子在离厕所很远的地方收费。火车站售票处的都是大妈，佝腰塌肩烫着花式卷发。高挑的屋顶的铁皮风扇慢悠悠地转着，晃晃呼呼得几乎要掉了下来，排队的铁栅栏多转了几圈，被磨得光亮光亮的，带着厚厚的包浆。

在以后的好多岁月里，德州火车站都是我起航抛锚出发或者再次出发的港湾，也许现在他们已经不再去靠五毛钱的收费去拉动全市的国民经济的厕所了，最近几年出门落脚都去新的德州东站了，没再看到老德州站没厕所的样子。

152

左：八仙过海（画）2021
纸本设色
137 × 22.5 cm

右：八仙过海（字）2021
纸本水墨
44.5 × 22 cm

八仙過海

大悚猫图

九里山前作道场
牧童拾得旧刀枪
久闻
之图

蓬莱放鸟

大懒猫图 2020
纸本水墨
68×46 cm

P.155

丛林星梦 2019
纸本设色
139×46 cm×3

朋友来了有好酒

年初艺术研究院考试的空里，我倒想去美术馆或798打发时间，一云大师说古人的用不上，现代的没咱画得好，难得见面不如喝酒聊天。我觉得他说的一半对。喝了个考场变酒场，考得挺晕。一云说有点发挥不好，我觉得我也是。忘了那些牛×的导师。长江后浪推前浪，咱是后浪。

9号要去天津，小窦说朋友来了有好酒，我老想下一句，豺狼来了有弹弓。我买了个弹弓练枪法。教授是从小练弹弓的，画了好多打鸟、捕鱼的画。挺皮的。去了可以对射。展览结束了，朋友聚散，都在酒里了，干杯。青春一去不返，唯有饮者留其名。余钊又来锡，雪涛去米国个展，毕波去刮风都是喝酒的由头。该醉的不醒，不喝的也别勉强。大梦大醉大自在。各位劳神费力的主儿，青松，峥嵘，老林，得菁，澄总，肖总，郭总，还有小郭，重志，高飞，文平，述林，刚哥，马哥，大圣，小逯。还有你，欢欢，你最重要。大家辛苦，不说谢谢了。朋友来了有好酒。干杯。

在路上

三儿发了个微信给我，短短两句话说他辞职了，要画画去。先是愣了一下，但总觉得这一天应该是这么到来的。

三儿是我大学时就认识的朋友，我把自己闷在画室里听许巍的时候，三儿和老虎说听听窦唯吧。三儿就是人黑乎乎的，直直的头发，眼睛眯成一条线的人，老虎是一头很久不理的胡子和很久不理的头发，我们的认识似乎就是从窦唯的音乐开始的。但是当我着迷于许巍叙述般的疗伤一般的曲调时，三儿更痴迷于史诗一样的唐朝和迷幻一般的窦唯。三儿写了篇文章《为什么叫三儿的问题》。那大概是三儿故事的开始。大学毕业后我在青岛辞职考研。三儿进了个高中当老师，不懈地努力考吕胜中的实验艺术。可是每次都死在英语上。因为考研，教课也被停掉，被安排在学校看大门，每次想到此时我都感慨三儿的意志坚定和领导的混蛋。忘了哪位先贤的话，如果不是有像开水浇都烫不死的草一样的画画的意志就不要画画了。我想三儿就是那棵烫不死的草。我写这篇文章的时候，三儿就在火车站，去嵩山，去画画的路上。一切都是未知，恰如窦唯的歌。电话里他平静地讲辞职的经过。好像一切都是简单的，但是我总能想到三儿面对年迈的老父母，乳儿娇妻时的心情，重新开始的生活令人向往，却又如何面对身后注视的亲人。也想到三儿与那些大小官僚理论时的无奈与破釜沉舟的气概。吕胜中老师在新浪博客里专门写过一篇《关于三儿的问题》的文章，现在关于那些问题三儿在自己回答，他没有踟蹰，"你的问题就是你的问题，其实，这些问题你本来自己能够回答，难的是你自己要决定——是否要对'自己'回答"。

生活永远在别处，我们栖居的这个世界总是有那样的人，为理想、梦想而全身心地坚持和投入。为了那些在彼岸在别处的生活而一直在路上。

三儿今天发了个微博，"没有幻想的道路不值得选择"，就收拾行囊出发了，火车是八点钟的。我希望少了种种羁绊的三儿的画画的道路是一个充满惊喜和欣悦的奇幻之旅。幻想而富有果实。

三儿叫丁海斌。一个热爱画画的人。

百鸟朝凤图（局部） 2020
纸本设色
137×45 cm

誰言百鳥胭脂

东昌怪杰

  沈锋兄自东昌府大学赴江南诸镇考察路过锡城，毕业十数年，匆匆一晤此是第二回。六年前在央美美术馆门口的书店看书，低头晃动的人头中猛然发现一颗硕大熟悉的头颅，手里捧着一摞沉甸甸的书，自然相见，两个人猫在央美的招待所里聊了半宿，那个时候他在读张元的材料技法的班，从一个执着于架上油画的青年专心于材料的美。这回见面离上回的不期而遇又过去了六年。少年子弟江湖老，一回相见一回少，见面实属不易。从塔皮埃斯讲到基弗再到施维特斯，从侘寂之美讲到禅在中国绘画各领域消失，从陕北深没脚脖子的黄土路到烟雨江南寻隐不遇，从牛×的大师权威到各路各色的"权威"，他讲讲他见识了各种粉墨登场，我说我也见过阿狗阿猫装腔作势。两个傻×聊到三点半，相约下回他开着他的皮卡拉着我在东昌府下面的宝地转转，或者去见识一下一脚没过脚脖子的黄土路。临了嘱咐我一定要看一定要买的书！在这个聊天离不不开市场和收藏，立项目，搞课题，签大单的时代，还在聊要看什么书画什么画，说明我们还活得像个白痴乌托邦青年。恰如西水墩有两个，而我只在有桃花和海浪的那一个岛上做岛主一样。沈锋兄的画参加了一个只要参加过一次就可以做谈资说五年的展览，他嗤之！他的油画画得非常好，转入材料绘画是建立在透彻通达画理画法基础上的转化，而不是一味的材料堆砌，无目的和意识的胡涂乱拓胡拼乱凑。这是综合材料绘画的通病，在中国，综合材料绘画仿佛是在其他绘画领域不济人才的最后避难所，又仿佛是通达当代绘画的捷径妙途，实是对综合材料绘画的最大的误读也。沈锋兄是这一绘画领域的出类拔萃者。他的油画画得极好，出自具象表现一脉，又深谙色彩和造型的规律，画理画法无碍。他做材料绘画是深深知道内心的表达与个人体验的诉说是不困于材料与技法的限制，恰如塔氏之诗又如基弗之史诗，"若能见地透脱，便须下笔直为"，行外之人只知皮毛而焉知骨肉。鲁北平原肥美的土地，东昌湖的水，东阿的驴皮阿胶滋养着沈锋的水墨之境，使其虚实有度，丰润而不枯槁，荒寒而不荒芜。他喜欢侘寂这两个字，也喜欢荒寒之境。嘱咐我写了书法送给他，以挂在他的书斋，我略觉得这几句话可以稍稍解释他的画！

适可斋主人

窦教授是美院的 F4 之首。

其他三位是窦主任、窦乐山和豆师傅。我是 F4 的粉丝。

我说我是你的粉丝，你给我寄一个你的唱片来吧，签上名。唱十八摸的那个乐队，不是二人转，河北的一帮哥们儿。CD 封面是教授画的《烧包》，一个流鼻血的警察叔叔。我一开始就喜欢他画的这个腔调。那种一本正经的不严肃而又才华四射的劲儿。

我也喜欢《草原四姐妹》。我也学一下窦教授用的暧昧的粉色，用得没有他的好。他画的女主角都带着骚骚的天真和瓜子萌。他画一云，康勇峰，画我，都画得帅了。可能是他这个人比较帅，画个男的画谁都帅。画雪涛不帅，但是神似。

天津美术相声学院，绘画表演艺术家们的天堂。很多逗哏的画家和很多捧哏的画家都毕业于这个学校。也有很多听众朋友们毕业于这个学校。更有一些朋友终身没有毕业。他们都自我留校了。

现挂的本领其实是骨子里自带的，人得有意思，机智有趣。画才画得有意思，有天机，耐咂摸，有营养，经得住盘。

教授是个有意思的教授。

抽出猴皮筋做个弹弓打你们家玻璃，古伦木，骑着大金鹿收旧货，卖韭菜的苏新平。弄周吧！教授永远在搞艺术。

某日，森林中国的活动，在杨老师的带领下参观景德镇附近的村子，一门墙上写着"适可"二字，落落大方。教授说，我喜欢这俩字，合适我，别和我抢啊，我要用来做斋号。适可而止，特谦虚的一个人。还曾在霍去病墓见石刻"平原乐陵"四字，拍照合影，教授说我以后落款就落这个，这就是专门为我刻的。一个款费好几块石头：平原郡乐陵县适可斋加铁桥斋主人窦建勇。

茴香包子的爱

法广大师要在东方美术馆做一个个展，来自故乡的扒鸡晚报要发一个专版，详细介绍这位艺术家的事迹。法广说写写我的画或作呗，你还吃了我的茴香包子呢，六个。吃人的嘴短，熬夜码一万字给他填空补白，涂脂抹粉。

关于画的描述，其实找个Ｎ大Ｎ师大或者艺术研究院之类的博士们写写就OK了，他们有写这些个文章的文风传统，文脉传承。宋元明清的气象，泉林邀啸的风范，引领审美的风尚，写得就像真的一样。套一下，名字改改，把法海改成法广，水漫改成水墨就好了，也贴合一份鸡地报纸的要求，本主也喜欢。

故乡的权威，我印象里，只有我们碱店乡里的孔书记最大，其次是村长。官办的报纸虽不是日报，但晚报也是日字旁的。补白的文字还是

竹石图 2018
纸本设色
43 × 69 cm

要严肃一点，严谨一点。

　　法广沉浸在绘画的世界里，勾抹涂擦点点染染，半为消遣半为寄托；废纸如废命，寸纸的成品都凝结了心血气力。遇见开口闭口你欠一张画的，法广也不客气回撑：你还欠我一条命。不在大学不在专科而在高中教学的画画人堆里，找这么个优秀的画家还是少见的。能在教学与喝酒之外的空余时间，专业有追求，画得有模有样，青山绿水气势磅礴，实是不易。

　　纸上山，山中山，只是无我。

　　画山如人。

　　画山如人。

　　为了以后看见这篇文章，自己不惭愧，吹嘘的话就不说了，总之很是能画能投入。

　　齐鲁美术学子乌乌泱泱，几十年来绵延不绝，全国的学校机构皆有葱蒜伴侣，抬头按人头算都可以加上山东二字，堪称事业伟业。北京地面上卖香河肉饼的，老少都是来自陕西一个镇的，不是香河。肉饼的美誉给了香河，也是大事业。山东学子对全国美术事业做出的贡献，可以和肉馅儿相媲美。

　　人车出行到了山东地界，有块大牌子写着"孔孟之乡礼仪之邦"，我们私下都觉得牌子假。法广多少次指着牌子说，道貌岸然，道貌岸然。他是要做个真人的。

　　教育产业里，艺术教育投入多多，画画的学生也是

左：吉祥如意平安图 2019
纸本设色
137×22.5 cm

右：诗经大意 2019
纸本设色
137×22.5 cm

商品的一部分，基础美术教育者的"功"功不可没。在过去的十几二十年间，在全省美术教师搞培训，倒卖学生赚差价，近乎运动式的忽悠驱赶动员差生走上美术专业的不归之路的时刻。法广说，×他妈的蛋，我去钓鱼去，画画去，不跟这些混蛋瞎祸祸。不去造这个孽。

十年前的风风火火，到今天沦落到就业前景最差的专业。学校学院和社会脱节，和市场脱节。论文和项目和盘子里的吃食挂钩，老师成为明星，学生沦为粉丝，这些个学校没教坏孩子就谢天谢地了，不造孽就是积德了。

写这么多，日报晚报什么的是不会发的。你就自己留着看看吧，晚报娱乐版记者问答的片汤话，凑巴凑巴就可以了，八百字好凑。画得好的，德州除了你也没谁了。

蓬莱放鸟

我们逛到西泠印社的时候，溪湖兄从沪上赶来，一起看了看百年老店的孤独与凋零，朝拜了三老石。摸了摸刻着社员们名字的石碑，有好多刻字的朋友的名字刻在上面，也有好多好多刻字的朋友一直梦想着把他们自己的名字也刻到上面，追随古风先贤永垂不朽。其实我看自己开个店，自己刻个自己名字单独享用也挺好的。非得刻到这里凑热闹，就跟二座大山情节一样吧。

溪湖游西湖，好像一个菜名一样，素烧的。西红柿炒西红柿。

知县有个女朋友在湖心亭，联系了，便载我们过去，逛了逛湖心亭，他女朋友说，蓬莱岛是好的，供着财神庙，高官要来，至于阮公墩是以前堆西湖里跌落者、轻生者遗体的地方，阴气太重，而抛绣球，都是噱头，招点人气。

　　墩上沿水都种着夹竹桃，这两点和西水墩差不多。她说，我以前实习的时候去无锡待过三个月的，在虎丘。

　　来的路上一个杭城的司机很通透，坚硬而坚强。抛去电视台不让播的，比如他说：再阳光的人也有阴暗面，再善良的人也会不择手段。如果高尚是卑鄙者的通行证，我就以卑鄙开路。你们有你们的章程，我有我的原则。而我的原则绝不是你们的原则。

　　再比如，他来问，一颗老鼠屎毁了一锅汤，老鼠屎固然是大恶，可谁是那只老鼠呢。

　　以前真的以为高尚是高尚者的通行证的。原来证是可以办的。

　　底层生活里朴素的真理比牌牌上的人类文明行为指导要来得快，只是苟活则活而已。

　　杭州的名人牛×克拉斯真活佛济公大师有一首诗："六十年来狼藉，东壁打到西壁。而今收拾归来，依旧水连天碧。"写得真好。

桃花祭

　　以前，给一个家里有万亩桃园的美女画过一张水蜜桃的画，有一次她在家里拿来一个虫子咬的大桃，舍不得扔，又红又大，像个臀部，多好啊，连汤带水的，虫子专门挑最甜的吃，扔了可惜，给你吃吧。甜。

　　前几天说，烟花三月下扬州，这个时候念叨的是去年今日此门中，

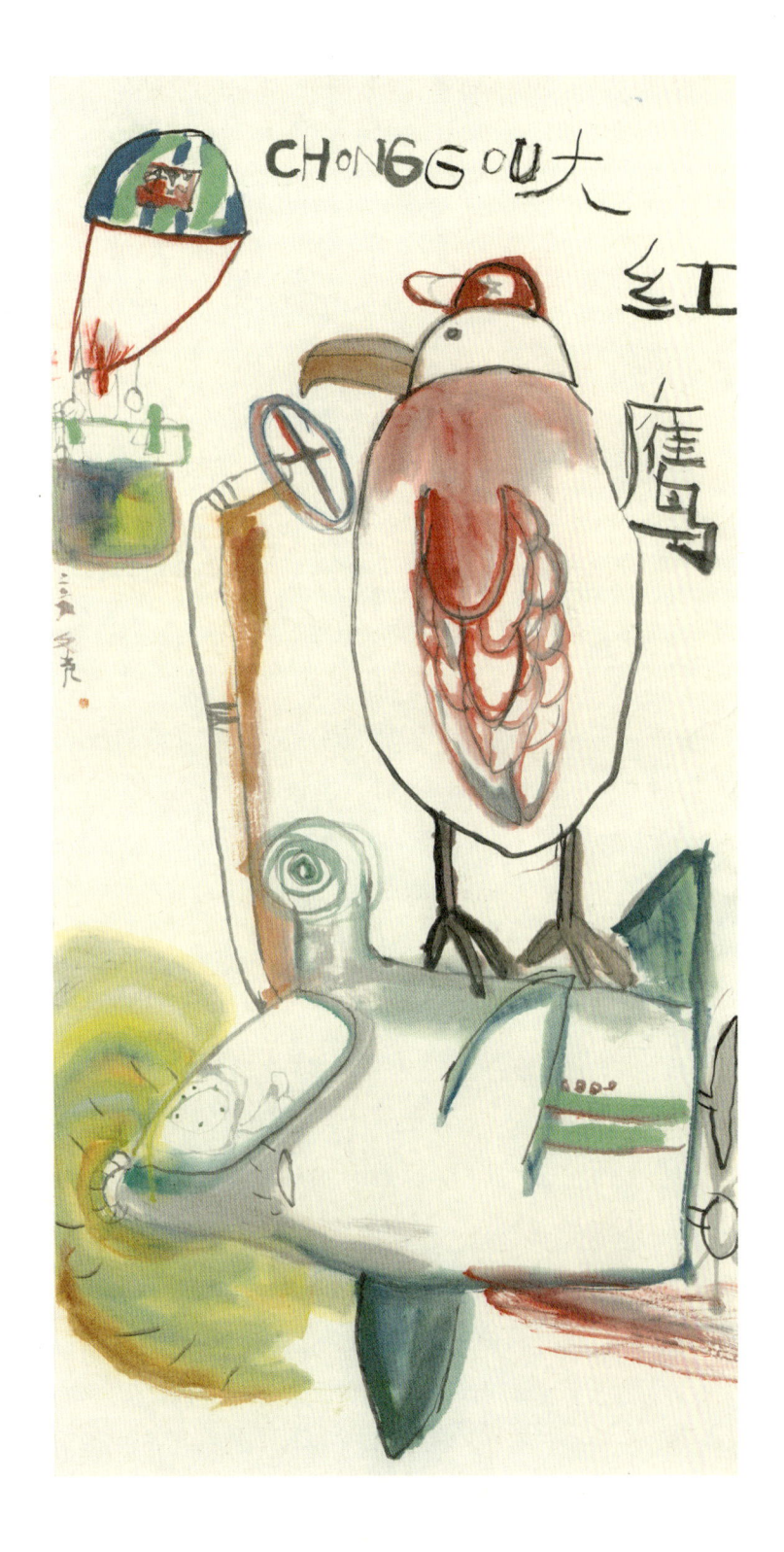

167

大红鹰 2019
纸本设色
69 × 134 cm

太湖美是一亿美元了但了
二〇二〇冬

人面桃花相映红。说的是人和桃花的事。多见桃花在人没了，触景生情，少见人还在桃树被砍了煞风景的事。一群美女说，去年我们还在这儿拍照片呢，今年怎么树没了呢。桃木是杂木又不能做家具当寿木，也不能做轮椅，好好的一片桃林，开花结果拍照片还能入画，砍了多可惜啊。据说，桃木做拐杖不错，也能辟邪。

在锡村，人人都是倪云林。这个范儿比人人都是艺术家还要×格高，可见倪云林老师在本乡本土的影响。以前的以前的以前，据说是都挂倪云林免俗的，"都"字，老倪得画多少张啊，噗噗噗的跟印刷似的才行吧。

168

太湖美 2020
纸本设色
22.5×35 cm

太湖美

可惜以后这么多年，没流通全流失了。老油画家上电视节目家里后面也挂的倪云林，二玄社的复制品也挺好啊。

现在不挂，一个是没倪云林挂，再一个是，挂这干吗呀，墙上还得楔个钉子，多白的墙啊，可惜了。再者说了万一是大理石的呢，凿都凿不动。

搬运工

把莫里哀、荷马、伏尔泰、马赛捆个结实，打包。然后下蹲，屈膝，跪在地板上，把以上诸位思想家、文学家缚在肩上，一只手借助椅子的力量起身，努力弯腰小心闪过低矮的门框，转过一层楼梯。从石桥这边二楼搬到另一边的二楼。等走到石桥中间几百阶的石阶顶端的时候，思想家们拥挤的身形把搬运工的脊梁压到了最弯。最弯。

普九——大风

所有的店铺都顺利地打烊了，这不是个奇迹。天气恶劣得很，街上行人少得很，像我一样为了一支中性笔满街跑的人，在这个城市找不到一样的了。画了一张自画像，瘦得很，颧骨凸着，酒窝看不到了。没打烊的店似乎都和死人有关，医院、中医院、中药铺、寿衣铺，还有不是的就是洗头房和网吧。我的小屋和医院隔了一条街，看不到中医的小药柜子和满眼的惨白。

171

西水别岛风情 2021
纸本设色
33×38cm

幻梦 2018
纸本设色
69×49 cm×3

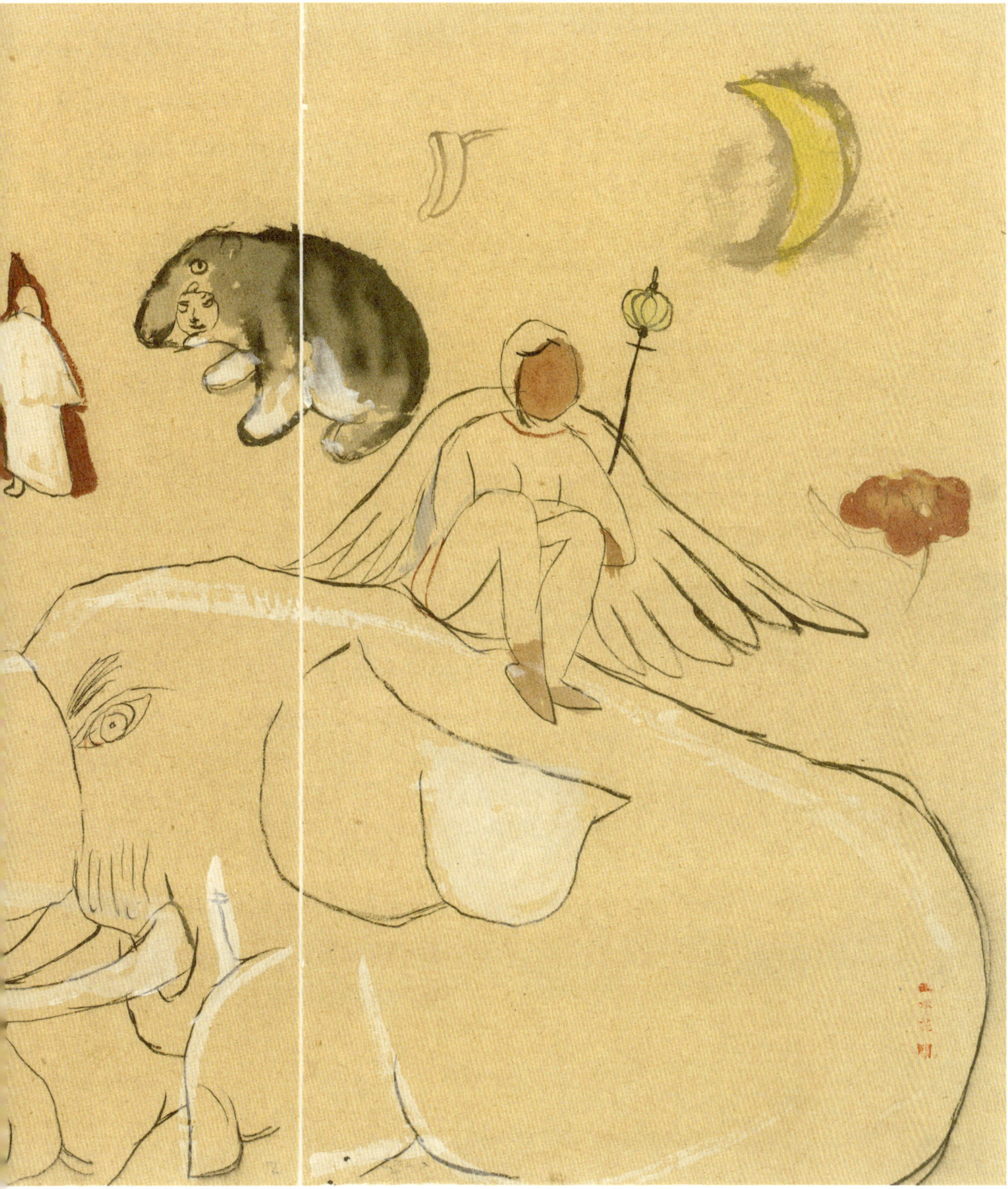

灯泡被我换成了一百瓦的，房东的眼睛也立马跟着发亮，有一部青春偶像剧，片子里的一个女人对另一个女人说，女人心目中的男人是懂得经常换灯泡的男人。这样显得有情趣。我不常换灯泡但是常摸——不是自己的小灯泡，卧室的台灯坏了，每次都是原始的拧上就亮，拧松了就不亮。如果这样也招女人喜欢的话，我倒是当之无愧了，我当之无愧的事很多，但通常都是说给自己听。

　　我虽然很不喜欢做数学题，但像这些这么简单又富有蕴意的题目，我倒也乐意讲给他们听，在我看来，一幅完完整整的习作，做到深入刻画，解决人物形体塑造，神态情思的传达，和计算完毕得出的数学答案具有相同的意义，同样具有完整性和独立性。在审美的角度具有审美意义，在物理的意义也同样具有完美性。但是，与之相反的不彻底不完整不统一的意识不仅仅把上述的优点破坏殆尽，同时令我感到这种未来结果没能出现的遗憾性，因为 200+50 毕竟不是最终结果。我还没讲这个例子，虽然很形象。

174

左：机密 2021
纸本设色
47×19 cm

右：宝典图 2021
纸本设色
47×19 cm

西水古井

这个世界上有很多井。

只有像西水井这样的,用古砖从底抹起的筒子井里才会稀奇地栖居着我们这样的生物。

你呢,或者在另外一口井里。

我们这口井里的蛤蟆的数量,掰掰我的蛤蟆手指头大概要数十个来回。

在这么大的一口井里,我们的蛤蟆密度还是很高的。要是我们都浮在井口的话,水面就像铺了一层古铜色的地毯一样,而且还是会动的地毯。

换气、锻炼、做爱、看风景、讲故事,还有掐。

当然不管怎么样,在这个我们的小天地里,除了做爱以外的其他的动作都是近乎相同的机械运动。

井壁上的砖缝是每个我们的家。在每天的固定时间如果不想被从天而降的水桶砸个昏天黑地就要安安稳稳地待在自己的缝里。那个水桶是被我们称为神物的东西。

会有个大汉,或者娘儿们在上面晃一根遥控水桶的绳子。关于水桶有很多故事,但基本上都是事故。因为平常日子实在没什么好说的，事故就变成了故事。

被神桶砸是最容易发生的几率。

在我们的井里，做爱是所有有实力蛤蟆的权利。其他的水井居民有的在蝌蚪般的童年就在井里度过了，有更有年头的老蛤蟆失足掉下的，有迷路掉下的，也有为了求口水喝而不小心拥有了整个西水井的。

西水井最不缺的就是水，西水井里的居民最自豪的就是井里的水。喝不完哟。

当年的寻水喝的蛤蟆给我们的教诲就是，好好在井里待着噢。好好喝水。

这是最有权威的。也是西水井里的生活态度。

鱼之 2

南风吹北岸，瘸鱼逆波行，说是迎风好钓鱼，偏是甩竿难。哪里能来太公鱼，贪吃的王八多。

桂树生荫，浮萍连片，鱼在水底人在岸。莫言水深混难见，钓的是贪吃犯贱。

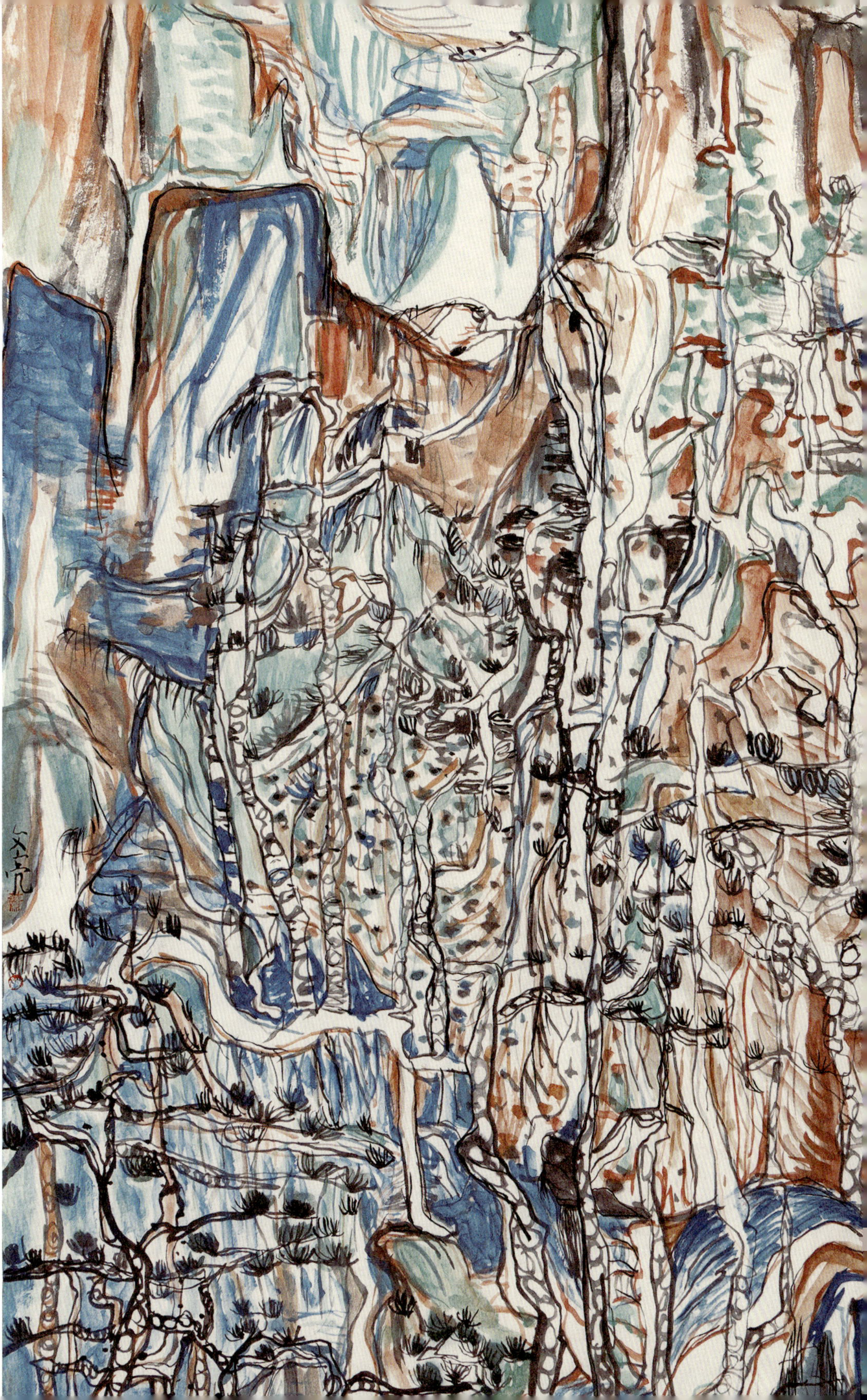

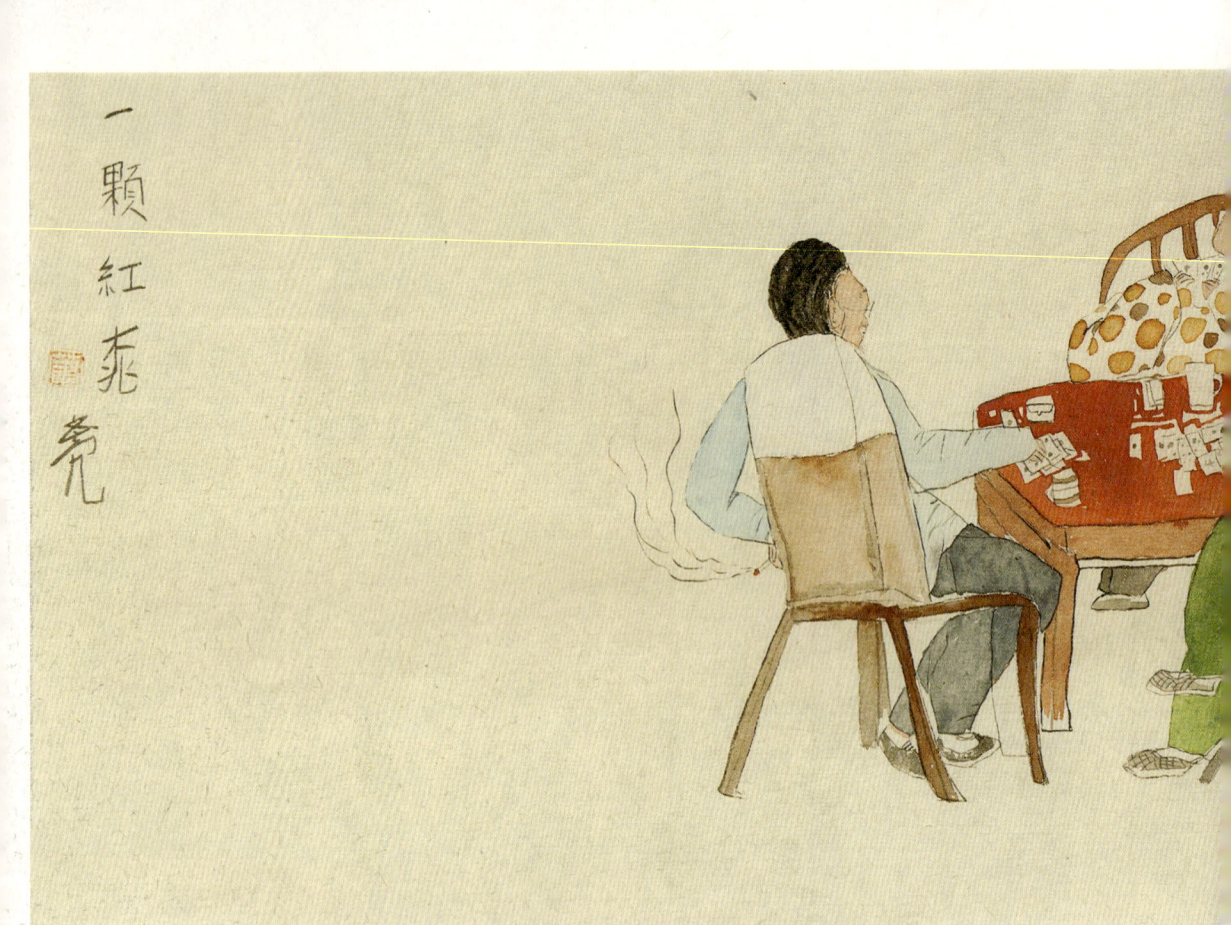

一颗红桃 2021
纸本设色
21.5 x 93 cm

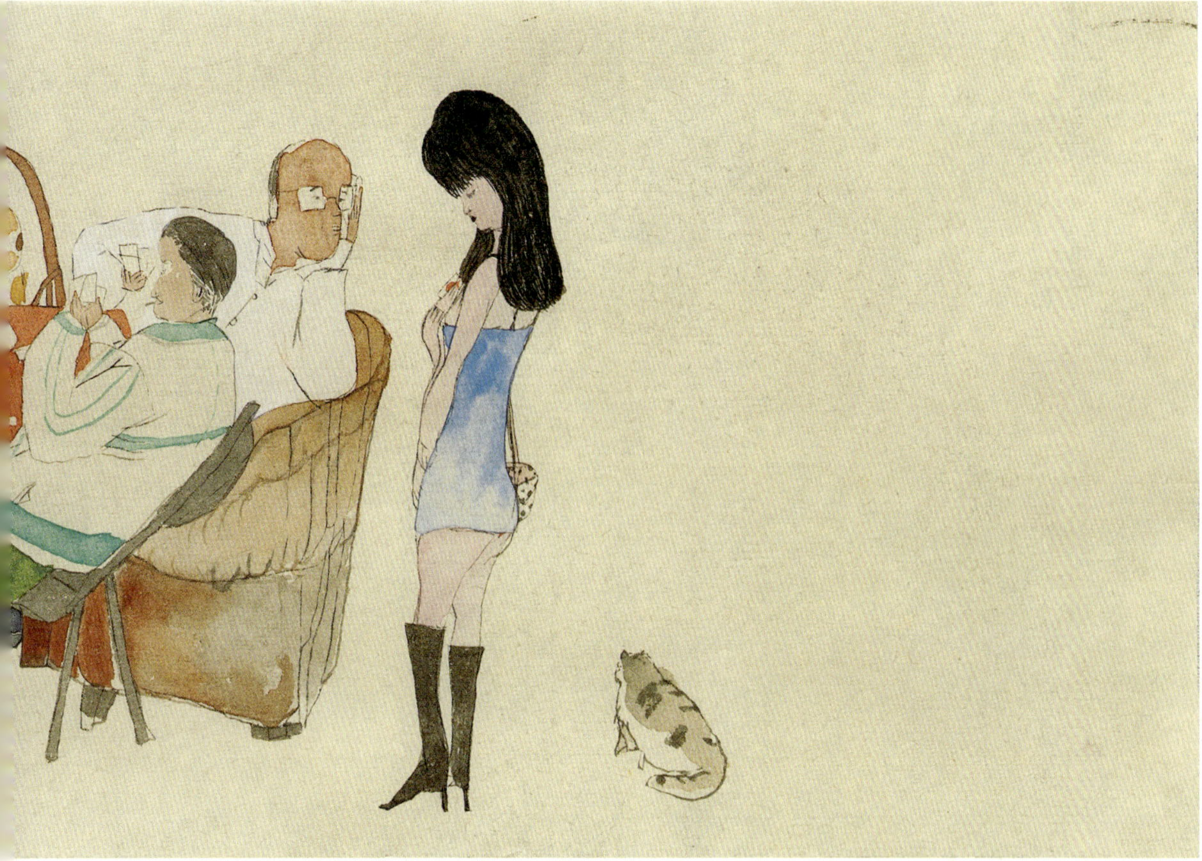

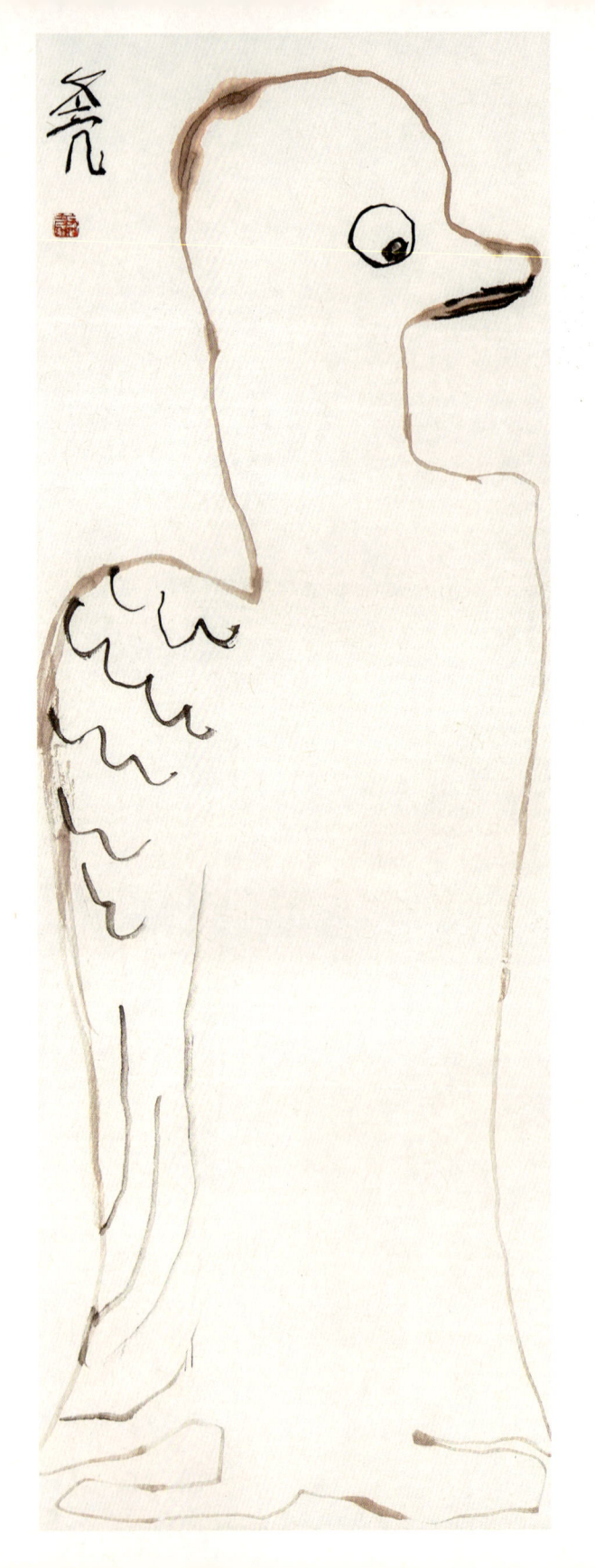

雄鹰 2022
纸本水墨
69.8 × 26 cm

东南形胜图 2022
纸本水墨
172×23.5 cm

貼地飛行圖

每一片羽毛都嵌
入了地心的引力

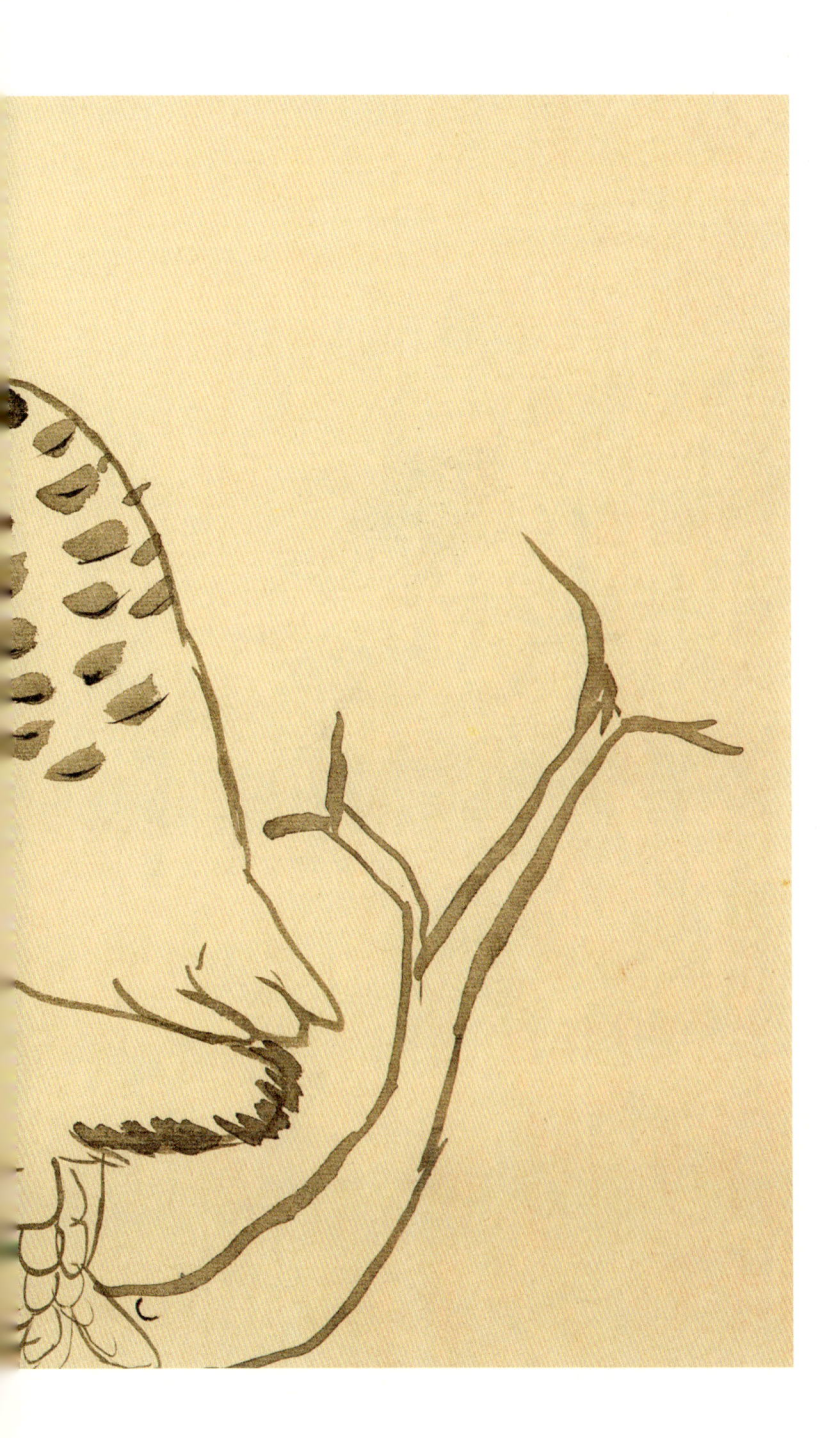

贴地飞行图 2021
纸本水墨
27×67 cm

华容道 2019
纸本设色
65×32 cm

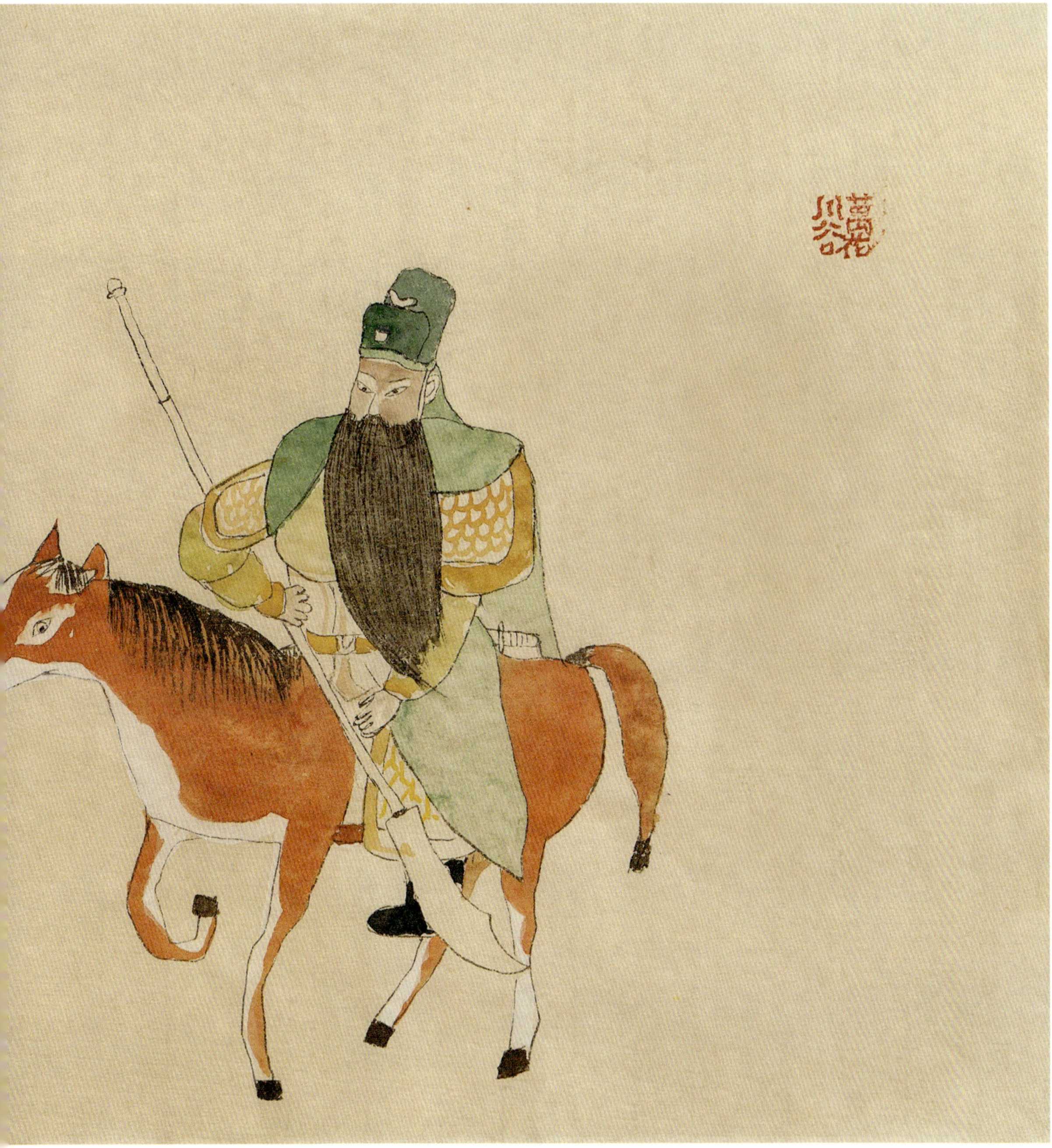

烟云过眼 2020
纸本设色
240 × 29 cm

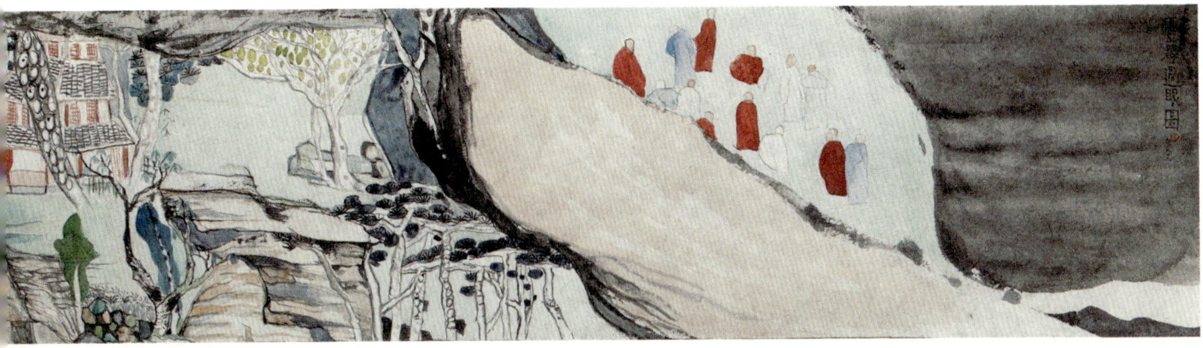

有情風萬里卷潮來問錢塘江上西
與浦口幾度斜暉不用思量今古
俛仰昔人非誰似東坡老白首忘
機記取西湖西畔正春山好處
空翠煙霏算詩人相得如我向
君稀約他年東還海道感謝
公雅志莫相違西州路不應回
首爲我沾衣 蘇東坡八聲甘州

八月錢塘風捲錢塘潮一線逐浪
然日日西沉日日東趨海潮來有
情退無情寫古今蓝衰之慨生
死之離別之悲蘇詞閎博
大舉微要妙今見西泠草舍錄
蘇詞朴白錢塘風骨在詞章
間今己或微氣象已不遜矣

庚子冬月大重時
冬凡

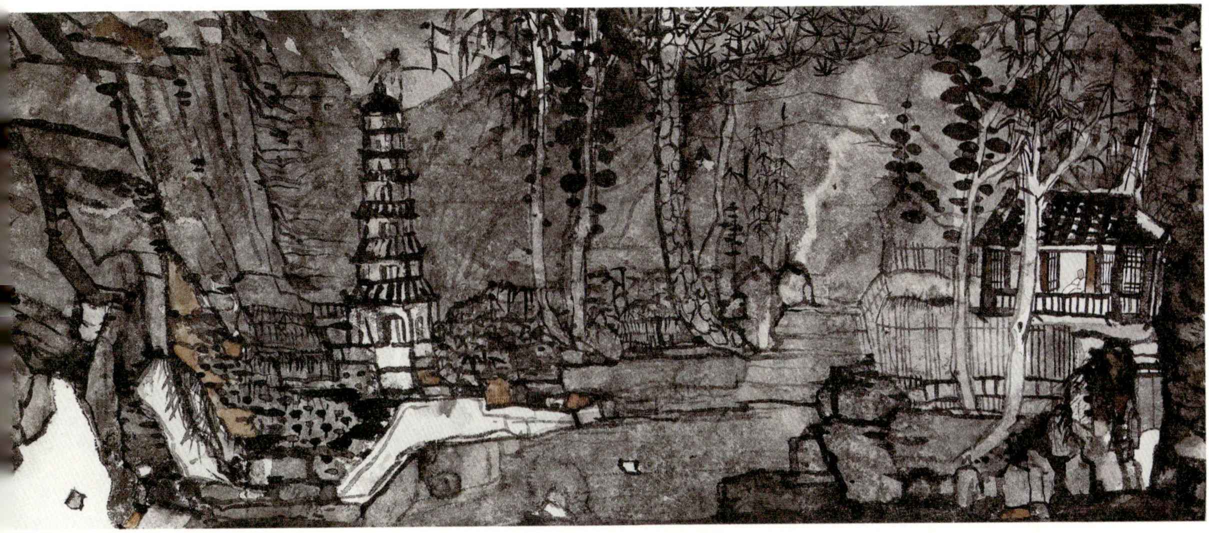

白鹿草堂 2020
纸本设色
132×32 cm

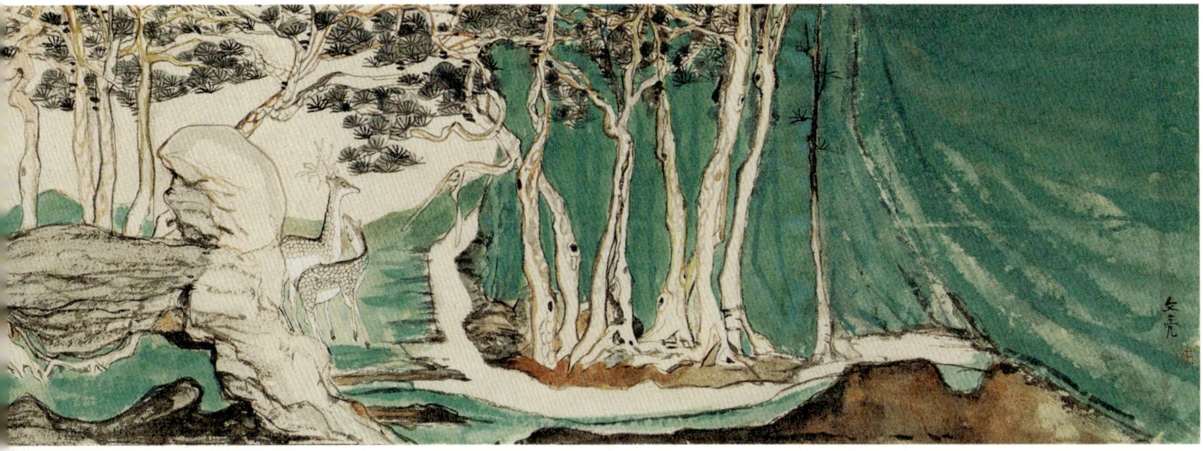
文亮

草原的夜 2020
纸本设色
70×46 cm

图书在版编目（CIP）数据

大田百禾 / 萧文亮著 .—北京：作家出版社，2024.4
ISBN 978-7-5212-1636-3

Ⅰ.①大… Ⅱ.①萧… Ⅲ.①散文集—中国—当代 Ⅳ.① I267

中国版本馆 CIP 数据核字（2021）第 244063 号

大田百禾

作　　者：萧文亮
责任编辑：秦　悦
装帧设计：孙惟静
出版发行：作家出版社有限公司
社　　址：北京农展馆南里 10 号　　邮　编：100125
电话传真：86-10-65067186（发行中心及邮购部）
　　　　　86-10-65004079（总编室）
E-mail:zuojia @ zuojia.net.cn
http://www.zuojiachubanshe.com
印　　刷：河北鹏润印刷有限公司
成品尺寸：177×230
字　　数：150 千
印　　张：13.5
版　　次：2024 年 4 月第 1 版
印　　次：2024 年 4 月第 1 次印刷
ISBN 978-7-5212-1636-3
定　　价：88.00 元

作家版图书，版权所有，侵权必究。
作家版图书，印装错误可随时退换。